ANNA TAMÀ

Der Andere

und sechs weitere Erzählungen

Die Hölle? Das sind die Anderen.

Der Andere quält Anne, und um sich von ihm zu befreien, muss sie ihn töten. Dann wird sich herausstellen, ob Claude wirklich Jeans heroinsüchtiger Zwillingsbruder war, wie dieser behauptet oder nur eine Erfindung seines kranken Geistes.

Und wer ist die Frau in Rosas Spiegel?

Die Bedrohung ihrer Existenz wird für Anna Tamàs Figuren zur Antriebskraft für ihr Handeln, um aus der Enge des begrenzten Daseins aus- und schliesslich durchzubrechen.

Sieben bewegende Erzählungen um starke Themen wie Mutterliebe und Vaterhass, Inzest und Symbiose, Wahnsinn und Demenz, Befreiung und Durchbruch.

Anna Tamà

Der Andere

Erzählungen

Für meine Mutter

Bibliografische Information der Deutschen Nationalbibliothek
Die Deutsche Nationalbibliothek verzeichnet diese Publikation in der
Deutschen Nationalbibliografie; detaillierte bibliografische Daten sind
im Internet über http://dnb.d-nb.de abrufbar.

Impressum

©2008 Anna Tamà

Herstellung und Verlag:
Books on Demand GmbH, Norderstedt

ISBN: 9-7838-3702-7464

www.annatama.ch

1. Auflage

Inhalt

Rosas Spiegelbild

Rosa sah in den Spiegel und drehte sich um. Doch hinter ihr stand niemand. Sie hätte schwören mögen, dass sie ein fremdes Gesicht gesehen hatte. Sie blickte wieder hinein: Da war es wieder. Aber ihr eigenes Spiegelbild sah sie nicht, fiel ihr erst jetzt auf.

Wieder hielt sie nach der Person im Spiegel Ausschau, doch es gab niemand anderen. Sie sah eine ältere Frau, die Haare waren gefärbt, sie mussten gefärbt sein in Anbetracht der vielen Fältchen der Haut.

Es irritierten sie am meisten die Augen. Die blickten so rast- und ruhelos herum, als suchten sie etwas. Sie widerstand der Regung, sich erneut umzudrehen, denn nun wusste sie genau, dass niemand hinter ihr war.

Sie fixierte das Bild vor ihr. Sie wollte ihr Gegenüber zwingen, ihren Blick nicht stets zu meiden. Diese Augen suchten sie, doch wo war sie?

Sie trat ein paar Schritte nach rechts und nach links, bückte sich, streckte sich, mass den Spiegel von oben nach unten ab, doch ihre vertrauten Gesichtszüge wollten nicht auftauchen.

Als sie zurücktrat, erschrak sie. Die Frau hatte ihre Kleider an. Da gab es keinen Zweifel. Das rotgeblümte Kleid gehörte ihr, das gab es nicht zweimal. Ihre Schwester hatte es ihr selbst genäht.

Rosa hatte eine drei Jahre jüngere Schwester. Ab und zu kam sie zu Besuch, allerdings war sie in letzter Zeit weniger gekommen. Sie war in den Ferien. Oder im Ausland. Jedenfalls hiess sie Iris.

Iris, dachte sie. Wann sie wohl aus den Ferien zurück kommt? Sie hatte ihr gar nicht gesagt, wie lange sie weg bleiben würde. Rosa schüttelte verwundert den Kopf, dass ihr das erst jetzt auffiel. Eigentlich ungewöhnlich für Iris, so lange wegzubleiben ohne anzurufen oder wenigstens eine Adresse und eine Telefonnummer zu hinterlegen, wo sie sie erreichen könnte. Für alle Fälle. Sie war auch nicht mehr die Jüngste und es könnte ihr ja etwas zustossen. Wen sonst sollte sie benachrichtigen? Sie hatte ja niemanden.

Rosa spürte, wie Verärgerung in ihr aufstieg. Immer dachte Iris nur an sich, aber dass sie Hilfe brauchen könnte, daran dachte sie nicht. Sie schlurfte zum Telefon, um nachzusehen, wen sie sonst noch kontaktieren könnte, falls ihr wieder schwindlig werden würde oder ihr Herz unregelmässig schlüge oder sie umfiele und nicht mehr aufstehen könnte.

Das Telefon stand nicht auf dem Tischchen am Fenster. Verwirrt blieb sie stehen. Irgendetwas ging hier vor. Jemand hatte das Telefon weggenommen. Sie sah sich im Zimmer um: Das war ihr Bett; das war ihr Schrank; das war ihr Teppich; das waren ihre Bilder an den Wänden, und dort neben der Tür stand das Tischchen mit dem Telefon.

Das Tischchen gehörte ihr, aber das Telefon war heimlich ausgewechselt worden. Während sie schlief, war jemand in ihr Zimmer eingedrungen, denn sie hatte ihre Wohnung seit Wochen nicht mehr verlassen, und man hatte ihr Zimmer umgestellt. Alles stand falsch herum da. Wann hatte sie denn je den Schrank neben ihr Bett gestellt?

Unruhig trat sie schliesslich ans Telefon, nahm den Hörer ab und horchte auf das vertraute Summen im Apparat. Der Ton beruhigte sie, es war der gleiche Ton wie immer. Dunkel brummend verkündete er ihr, dass sie mit der Welt verbunden war. Eine Nabelschnur zum Leben ausserhalb ihres Zimmers. Sie würde Iris' Nummer wählen, auch wenn sie nicht zu Hause war, bloss um ihre Stimme auf dem Anrufbeantworter zu hören. Sie wollte sich vergewissern, dass alles unverändert war, so verwirrt fühlte sie sich.

Zweimal verwählte sie sich, denn eine Tonbandstimme erklärte ihr, dass unter dieser Nummer kein Anschluss sei. Sie war wohl etwas nervös wegen des Spiegelbilds und der Zimmerumstellung. Zu ihrer Überraschung war Iris zu Hause.

„Rosa, ist was passiert?", fragte die Schwester beunruhigt, und Rosa schluckte ihren Ärger darüber hinunter, dass Iris ihr nicht gesagt hatte, dass sie bereits zurück war und erzählte ihr von den Veränderungen im Zimmer. Von der Frau im Spiegel erzählte sie ihr nicht.

Sie kannte ihre Schwester. Iris hatte ihr nie geglaubt, dass ihr die Mutter ein paar wenige Stunden nach ihrem Tod als Engel erschienen war. Sie hatte am toten Körper ihrer Mutter gewacht und da war der Engel neben sie getreten: Eine helle Lichtgestalt, die sie mit Freude und Zuversicht erfüllt hatte. „Ich bin froh für dich", hatte Iris gesagt, „dass du etwas gefunden hast, das dir über den Schmerz hinweg hilft. Ich wünschte, ich könnte glauben wie du." Iris verstand nicht, dass die Kraft, die sie gespürt hatte, real gewesen war. Sie würde ihr niemals glauben, dass sie ihr eigenes Gesicht im Spiegel nicht mehr sehen konnte, weil eine fremde Frau es ihr gestohlen hatte.

„Du selbst hast doch dein Zimmer umgestellt, Rosa", hörte sie Iris sagen. „Du stellst es immer wieder neu um, ich habe dir ja schon lange gesagt, dass du damit aufhören sollst. Jetzt ist genau das eingetroffen, vor dem ich dich gewarnt habe."

„Wovor hast du mich denn gewarnt?" fragte Rosa eingeschüchtert durch den ungeduldigen Tonfall der Schwester. Eigentlich hätte sie sagen wollen, dass es kein Zufall war, dass alles immer eingetroffen war, wovor sie Iris gewarnt hatte. Als hätte sie es ihr gewünscht, als hätte sie es auf sie abgesehen, als hätte sie sie verwünscht, als hätte sie sie verflucht.

„Dass es für deine Vergesslichkeit kontraproduktiv ist, dir ständig eine neue Umgebung zu schaffen. Was du brauchst, sind klare Strukturen, klare Formen, Regeln, ein Tagesablauf, woran du dich halten kannst. Die Krankheit verläuft progressiv." Rosa wollte nicht fragen, welche Krankheit, damit sie nicht schon wieder den Fluch auf sich zöge. Sobald sie es aussprach, würde es eintreffen.

Das war Iris, ihre Schwester, sie hatte stets zu übertreiben gewusst. Sie wusste von keiner Krankheit. Sie fühlte sich schwindelig, ja, ihr Herz schlug etwas unregelmässig. Sie übertrieb wie immer. Bestimmt hatte Iris ihr Zimmer umgestellt und jetzt wollte sie es nicht zugeben. Sie war auch als Kind so gewesen. Lieber lügen, als die Wahrheit sagen. Trotzdem oder wohl gerade deswegen hatte Iris viel mehr Freunde gehabt und die Liebe ihres Vaters.

Der war auch schon lange tot, das waren doch alles alte Geschichten. Rosa fühlte sich zu müde, um sich über längst Vergangenes zu grämen. Und das mit dem Zimmer war ja auch nicht wichtig. Sollte sie es doch jeden Tag umstellen, sie wusste jetzt Bescheid. Aber sie wollte wenigstens wissen, wann sie von den Ferien zurückgekommen war.

„Rosa, ich war doch im Sommer weg, jetzt ist November, wir sind seit drei Monaten wieder hier."

„Wer ist wir?", hätte sie fragen wollen, denn Rosa sah nur Iris. Neben Iris gab es keinen Menschen, keinen Namen, an den sie sich erinnern konnte. Nun bekam sie doch noch Angst.

„Iris, ich erinnere mich nicht, wann du das letzte Mal zu Besuch warst."

„Gestern, Rosa. Ich besuche dich jeden Tag und auch heute werde ich kommen, wie immer am Nachmittag. War denn die Haushaltshilfe noch nicht bei dir?"

Die Frau im Spiegel, dachte Rosa erleichtert, das war also die Haushaltshilfe gewesen.

„Doch, sie war da", sagte sie mit neuer Zuversicht, „aber sie hat kein Wort mit mir gesprochen, sie ist sehr unfreundlich." Und sie hat mein Kleid angezogen, dachte sie, doch sie sagte es nicht, denn Iris würde sicher etwas dagegen einwenden.

„Frau Stanovic hat nicht mit dir gesprochen? Unmöglich", warf Iris ein. „Seit sie ihre Zwillinge hat, erzählt sie nur von denen. Was sie gegessen haben, was sie gesagt haben, womit sie spielen, was sie gerne anziehen. Sie haben dir höchstens jemand anders geschickt, aber das hätte ich wissen müssen."

Rosa war froh, nichts über das Kleid gesagt zu haben. Frau Stanovic, diesen Namen hatte sie nie gehört. Kenne ich sie schon lange? Sie fragte nicht. Sie wusste auch nichts von Zwillingen. Ihre Angst wurde grösser. Das war doch nicht möglich, dass sie von all den Dingen nichts wusste, wovon Iris sprach.

Das war ihr Trick, Iris wollte sie verrückt machen, Iris wollte sie beerben. Iris wollte sie für verrückt erklären lassen, dann entmündigen und dann beerben. Sie wollte das Haus ihrer Eltern, deshalb kam sie heimlich nachts und stellte ihr Zimmer um, damit sie verwirrt wäre, und das würde sie jeden Tag so machen, bis sie wahnsinnig würde. Und sie wollte ihr einreden, sie sei krank, sie verliere ihre Erinnerung, sie verliere ihr Gedächtnis, die Gesichter, die Namen. Sie wollte ihr alles wegnehmen. Das war als Kind schon so gewesen. Alles hatte sie ihr weggenommen. Alle ihre Spielzeuge hatte sie genommen: Das Schaukelpferd, das sie so geliebt hatte, plötzlich gehörte es Iris. Dabei hatte es Grossmutter ihr geschenkt, doch ihr Vater hatte gesagt, du brauchst es nicht mehr, du bist jetzt gross genug, jetzt gehört es Iris.

Sie wollte sie nicht mehr sehen, sie würde die Türe verriegeln, sie würde niemanden mehr hereinlassen. Auch Frau - die Haushaltshilfe nicht, die Frau, die sie nicht genau kannte, wenn sie sich nicht einmal ihren Namen merken konnte.

„Ich bin müde, du brauchst heute nicht zu kommen", sagte sie noch und legte dann auf.

Rosa ging misstrauisch zur Tür und spähte in den Korridor. Dort war die Küche, aber irgendetwas schien auch hier verändert. Sie konnte nicht erkennen, was es war, aber etwas Fremdes lag in der Luft, als wäre auch hier etwas umgestellt worden, doch es gab keine Möbel im Korridor, nicht einmal ein Teppich lag auf dem Parkett. Sie liebte es schlicht. Je weniger Möbel, umso besser, hatte sie stets gedacht. Es gab nichts zu verändern, und doch, der Korridor war nicht mehr vertraut. Sie ging beunruhigt zurück ins Zimmer.

Der Spiegel. Sie trat heran und wieder blickte die fremde Frau sie an. Sie musste der Sache auf den Grund gehen. Wenn es eine Projektion war, dann müsste es eine Kamera geben irgendwo. Sie suchte die gegenüberliegende Wand ab, die Decke; sie nahm einen Stuhl, um auf die Schränke zu sehen. Nichts.

Sie ging wieder zum Spiegel und berührte das Glas. Ihre Hand berührte das Gesicht im Spiegel, das Gesicht wich nicht zurück. Sie erhob die Hand drohend zum Schlag, die Hand, die dem Gesicht gehörte, erhob ebenfalls die Hand zum Schlag. Sie erschrak, die Person im Spiegelbild erschrak auch. Erst als Rosa sich matt über die Augen fuhr, erahnte sie, wem das unbekannte Gesicht gehörte. Sie sah an sich herab: Sie trug das rotgeblümte Kleid.

Als Iris eine halbe Stunde später besorgt ins Zimmer trat, stand Rosa immer noch vor dem Spiegel. Sie summte eine Melodie und hörte Iris' Schritte nicht. Rosa lächelte ihr Spiegelbild an und streichelte immer wieder über Wange und Haare, um es zu beruhigen. Iris trat vorsichtig näher, bis sie hinter ihr stand.

Als Rosa Iris im Spiegel sah, weiteten sich ihre Augen, ihr Lächeln erstarb, ihr Summen verstummte und die Hand, die eben noch entspannt über das Glas gestrichen hatte, formte sich zur Faust. Sie begann auf den Spiegel einzu-trommeln und schrie und schrie und schrie und trommelte und trommelte und trommelte, bis der Spiegel zerbrach.

Vatermord

Als Gabriele an diesem Tag mit einer Stunde Verspätung von der Schule nach Hause kam, erwartete ihn nicht wie sonst der Duft des Mittagessens. Er stellte sein Fahrrad in die Scheune, ging über den Hof und trat ins Haus. Dabei musste er sich stets neu daran erinnern, dass er sich zu bücken hatte, denn es war noch nicht lange her, dass er zu gross für den Türrahmen geworden war und bereits mehr als einmal hatte er sich den Kopf gestossen.

„Mamma", rief er, „Mamma", doch seine Mutter schien nicht da zu sein, was ihn nun doch beunruhigte. Er stellte seine Mappe auf die Holzbank hinter dem Esstisch, der nicht gedeckt war, und suchte in der Küche nach seiner Mutter. Auf dem Herd stand ein Topf: Er hob den Deckel und schaute hinein, da war noch Pasta für ihn; seine Eltern mussten bereits gegessen haben.

Als er wieder ins Wohnzimmer trat, um sich die Jacke auszuziehen, bevor er sich sein Mittagessen aufwärmen wollte, stand sein Vater dort. Er blickte ihn finster an und zeigte stumm auf eine Schiefertafel, die neben dem Kücheneingang hing: Zweimal fünf Striche, so wie man sie beim Kartenspiel macht, waren mit Kreide darauf geschrieben worden. Gabriele wusste, was das bedeutete: Das Soll war erreicht, das Mass war voll und sein Vater würde ihn wieder gerade biegen, wie er es nannte.

Bevor der ganze Baum verdorrt, pflegte er zu sagen, muss man die morschen Äste abhacken. Das war Vaters System gewesen in all den Jahren. Er sammelte Strafpunkte. Jedes Mal, wenn Gabriele trotzig war oder frech oder faul oder aufmüpfig oder rebellisch oder stolz oder rechthaberisch oder unpünktlich oder laut oder sonst wie ungezogen nach seines Vaters Ermessen, gab es einen Strich auf der

Schiefertafel. Bis neun kam er ungeschoren davon, kein Wort, kein Tadel, keine Ohrfeige, bloss ein Strich auf der Tafel. Bei zehn gingen sie in den Stall.

Dort musste er sich über einen Schemel legen und der Vater liess ihn für all die Ungezogenheiten der letzten Wochen auf einmal büssen. Meist nahm er den Stock, mit dem er auch die Kühe in den Stall trieb, und diese muhten unruhig mit, wenn sie sein Heulen hörten.

Wenn der Vater fertig war, warf sich Gabriele ins Heu, um dort noch liegen zu bleiben mit flammendem Hinterteil und weiter zu heulen, bis seine Mutter kam. Sie sagte nicht viel, strich ihm bloss über das Haar und reichte ihm ein Taschentuch.

Die Kühe frassen weiter, wenn er sich schliesslich beruhigt hatte, Mamma und er gingen wieder in die Küche, und meist gab es dort eine Tasse dampfender Milch und ein Stück Kuchen.

Es hatte sich ein regelrechtes Ritual daraus entwickelt, das er bis vor kurzem nicht einmal hinterfragt hatte. Bis vor kurzem.

Bis er ein Mann geworden war: Es war bei einem Langstreckenlauf im Sportunterricht der Schule geschehen. Er war bereits drei Kilometer gerannt, wie ihm sein Lehrer gezeigt hatte, die Arme regelmässig auf und ab, die Beine federnd kraftvoll bewegend, ruhiges Atmen durch die Nase. Und dann wurde es ihm beim Rennen immer wohler und angenehmer und prickelnder zwischen den Beinen, er glaubte bald abzuheben und zu fliegen, und dann flog er tatsächlich und als er weiter rannte, spürte er, wie seine Hose nass wurde, und er rannte weiter beflügelt vom Wissen, dass er nun kein Kind mehr war, und als er am Ziel war, hatte er zu seinem Erstaunen bloss Platz vier erreicht. Er war sich sicher gewesen, gewonnen zu haben, denn wer hätte besser laufen können als er an diesem Tag.

Er war gleich zu Giuseppe gerannt, seinem besten Freund, der zwei Jahre älter war als er und der ihm schon lange davon erzählt hatte, wie es sich anfühlte, wenn man ein Mann war. Gabriele hatte darauf gewartet, auf den Moment, ihn sich herbeigesehnt, versucht ihn zu beschleunigen, zu beeinflussen, den Augenblick, aber alles Ziehen und Reiben hatte nichts genützt. Die Natur entschied selbst, wann der Zeitpunkt dazu gekommen war.

Giuseppe hatte gegrinst und ihn in die Rippen geboxt: „Um drei gehe ich zu Annalisa, du kommst mit, Manuela wollte ich dir schon lange vorstellen."

Um drei. Am Nachmittag sollte er seinem Vater helfen, denn die Orangen würden am nächsten Tag abgeholt werden.

Als das Bild seines Vaters in ihm aufstieg, war ihm, als sähe er ihn plötzlich mit anderen Augen. Obwohl Gabriele erst knapp vierzehn war, war sein Vater mehr als einen Kopf kleiner als er. Alt sah er aus und vergrämt, das hatte wohl das harte Leben als Bauer eines Stück Landes am Hang des Berges, unter der glühenden Sonne des Sommers und der ständigen Bedrohung von Vulkanausbruch und Erdbeben bewirkt.

Ein karges Land, steinig, mit kleinem Ertrag und kleinem Gewinn. Ein paar Orangenbäume hatten sie, Zitronen und Kühe. Vor zwei Sommern waren die Orangen verfault, weil niemand sie kaufen wollte. Überproduktion, sagte jemand, die Orangensaftfabriken sind in Frankreich und wer bezahlt den Transport. Das waren seine täglichen Kämpfe. Der Vater hatte das Land des Vaters, dieser des Grossvaters, dieser des Urgrossvaters übernommen. Gabriele war der einzige

Sohn, aber er wollte das Land nicht übernehmen. Auch das wusste er erst seit kurzem.

Nun stand der Vater da vor ihm und zeigte auf die zehn Striche auf der Schiefertafel. Gabrieles Herz klopfte wie rasend, aber nicht vor Angst, wie noch vor wenigen Monaten, sondern vor Trotz und Wut. Diesmal sah er keinen Ausweg, der Strafe zu entgehen, und diese Machtlosigkeit nahm ihm den Atem. Er fühlte eine Leere im Bauch, die sich mit Hass füllte, der sich von dort aus schleichend wie ein Gift im ganzen Körper ausbreitete und seine Zunge, seine Gedanken, seine Bewegungen lähmte.

Als er mit Giuseppe zu Annalisa und Manuela gegangen war, da hatte er seinen Vater aus seinen Gedanken verdrängt. Die Mädchen und Giuseppe hatten ihn geneckt mit seiner neuen Männlichkeit, Manuela hatte ihn unter allgemeinem Gelächter auch keck zwischen die Beine gefasst, kurz nur und kichernd, aber als sich Giuseppe mit Annalisa zurückzog und vorher Gabriele noch zuzwinkerte und mit einer raschen Bewegung des Kopfes auf Manuela zeigte, da wurden sie doch wieder schüchtern und gehemmt, als sie nur zu zweit auf dem Sofa sassen. Sie sprachen wenig und immerhin liess sie es zu, dass er ihr über die Wölbungen ihrer Bluse streichen durfte; sie waren beide erleichtert, als Giuseppe und Annalisa zurückkamen. Zu viert gingen sie noch spazieren und lachten und scherzten viel. Das Bild des Vaters tauchte ab und zu mahnend auf, doch er schob es weg. An diesem Nachmittag wollte er sich frei fühlen, ohne Verpflichtungen.

Er war erst spät nach Hause gekommen, doch er hatte einen Plan, den er entschieden und mit neuem Selbstbewusstsein umsetzen wollte. Er nahm sich ein paar Fackeln und Streichhölzer vom Regal im Schuppen und ging damit aufs

Feld zu seinem Vater, der immer noch Orangen pflückte und in Kisten packte.

Als dieser ihn von weitem sah, hielt er inne und richtete sich auf. Gabriele sah, wie er den Gurt aus der Hose zog, und am liebsten wäre er umgedreht, aber er zwang sich entschlossen weiterzugehen, bis er wenige Meter vor dem Vater stehen blieb. Er steckte die Fackeln in den Boden und zündete sie an.

"Du kannst nach Hause gehen, Vater", hatte er mit fester Stimme gesagt, "ich werde die ganze Nacht durcharbeiten und morgen werden alle Orangen in den Kisten sein. Du hast mein Ehrenwort". Und er hatte sich die Leiter genommen und eine Kiste, war schnell auf den Baum geklettert und hatte gleich begonnen, Orangen zu pflücken und einzupacken. Der Vater hatte kein Wort erwidert, er war unschlüssig stehen geblieben, doch als er sah, dass Gabriele die Kiste in kürzester Zeit gefüllt hatte, herunterstieg, immer mit sicherem Abstand zum Vater, die nächste nahm, wieder die Leiter hinauf, wieder pflückte und auffüllte, zog er den Gurt wieder in die Hose und stapfte immer noch wortlos zum Haus zurück.

Geschafft, hatte Gabriele jubiliert und mit neuer Kraft die ganze Nacht durchgearbeitet. Am nächsten Morgen standen alle Kisten säuberlich gestapelt auf dem Hof vor dem Haus. Der Vater hatte nichts gesagt, nur auf der Schiefertafel hatte es zwei Striche mehr gehabt.

Heute hatte wohl die lächerliche Verspätung von einer Stunde wieder einen Strich ergeben, und das Ritual sollte sich wieder abspielen wie früher.

Gabriele fühlte sich ohnmächtig, machtlos. Er musste seine ganze Kraft aufbringen, um seine Stimme in den Griff zu bekommen, damit er den Vater fragen konnte, wie er sich den zehnten Strich verdient hatte. Er wusste, dass es sinnlos war mit seinem Vater zu diskutieren. Wenn er entschieden hatte, dass das Fass übergelaufen war, dann hatte er, Gabriele, keine Chance, ihn davon abzubringen. Er hatte es oft versucht, gebeten, gebettelt, gefleht, versprochen, hoch und heilig niemals mehr dies oder jenes zu tun. Da war er noch ein Kind gewesen, dachte er verächtlich, als er sich erinnerte.

Er versuchte bloss Zeit zu gewinnen, um seine Reflexe unter Kontrolle zu bringen. Es war ihm, als könnte er seinen Vater auf der Stelle töten, wenn dieser es auch nur wagte, sich ihm zu nähern, ihn zu berühren, geschweige denn zu schlagen. Aus der anfänglichen Wut war tödlicher Hass geworden, den er mit aller Macht unterdrücken wollte, damit nicht das Ungeheuerliche geschehen müsste, das sein Leben und das seiner Mutter zerstören würde.

„In den Stall", sagte der Vater, und Gabriele senkte den Kopf, um sich mit dem Ausdruck seiner Augen nicht zu verraten. Während sie über den Hof gingen, ballte Gabriele immer wieder die Fäuste, liess los, ballte sie, liess los.

Dies würde das allerletzte Mal sein, dass ihn sein Vater schlug, schwor er sich, diesmal würde er sich nicht unterkriegen lassen, er würde es ihm zeigen und beweisen, dass er kein Kind mehr war, er konnte ihn totschlagen, aber diesmal würde er sich nicht beugen. Er würde durchhalten und ihn mit seinem Willen bezwingen.

Unter den gesenkten Lidern hervor konnte er sehen, wie der Vater nach dem Stock griff, und er atmete erleichtert auf. Mit diesem dumpf pochenden Schmerz konnte er umgehen, vor dem scharf schneidenden Gurt hätte er vielleicht kapitulieren müssen. Als der Vater den Schemel brachte, wünschte er sich nur, dass dieser so schnell wie möglich beginnen möchte, damit er dem Hass einen Widerstand entgegensetzen konnte, damit seine Wut unterdrückt würde, sonst würde etwas in ihm zerbersten und - er mochte nicht weiterdenken.

Er wollte diesen Kampf und er schien ihm nicht ungerecht, denn in jedem anderen Fall müsste er seinen Vater vernichten. Der musste sie spüren, die zerstörende Energie, die von ihm ausging, denn er schlug ungewöhnlich hart zu, von Anfang an und Gabriele war froh darum. Sogleich beruhigte sich sein rasender Puls. Jetzt ging es nur noch darum, stark und mannhaft zu bleiben.

„Schlag zu", dachte er stets, „schlag zu, mich brichst du nicht, mich triffst du nicht. Ich breche dich, ich treffe dich." Und die Hiebe prasselten auf ihn herab und wurden immer stärker, als wollte der Vater eine Reaktion, denn so war er es gewohnt in all den Jahren, dass er heulte und jammerte, deshalb hatte er ihn meist nach ein paar Schlägen laufen lassen.

Doch diesmal kämpfte Gabriele mit der Macht des Schweigens. Der Schmerz vertrieb zuerst den Hass, dann die Wut, dann jegliches Gefühl.

Unvermittelt war alles vorbei und Gabriele wusste, er hätte noch Stunden weitermachen können, von ihm wäre nichts zu hören gewesen, eine solche Kraft hatte der Stolz in ihm entwickelt. Die Kühe rissen an ihren Stricken, sie hatten nicht wie sonst gemuht, bloss ab und zu die Hälse gereckt.

Nur der schwere Atem der beiden Männer, die ob der soeben geleisteten Anstrengung keuchten, erfüllte den Raum.

Gabriele zwang sich, so schnell wie möglich aufzustehen; zwar stand er etwas wacklig auf den Beinen, aber er stand. Niemals wieder würde er sich ins Heu werfen, heulen und auf die Mamma warten. Er fühlte sich doch etwas schwindlig und um nicht umzufallen, lehnte er sich an die Stallwand. Er wusste nicht, ob er sich täuschte und er wagte nicht, sich umzudrehen, um sich zu vergewissern, doch war ihm, als hätte ihm der Vater die Hand auf die Schulter gelegt, ganz kurz nur und unsicher tastend.

Gabriele wartete, bis sich sein Vater entfernt hatte, dann ging auch er über den Hof, zur Scheune und stieg aufs Fahrrad, um niemals mehr zurückzukehren.

Er kam erst drei Tage später wieder nach Hause zur Zeit des abendlichen Melkens. Gabriele ging in den Stall, nahm sich einen Schemel und half dem Vater wie immer. Sie machten die üblichen Handgriffe, reichten sich die Eimer, füllten die Milch ab, schlossen die Kessel, wuschen sich die Hände und gingen in die Küche und traten an den Tisch für das Abendbrot, das ihnen die Mutter zubereitet hatte. Es war für drei gedeckt, sie hatten auf ihn gewartet.

Als ihn die Mutter ganz fest in den Arm nahm, liess er sich von der wohligen Wärme umfangen, doch er gönnte es sich nur kurz und entwand sich gleich wieder. Noch immer hatte niemand gesprochen, als hätte es nie eine Sprache gegeben und als würden sie niemals Worte finden. Sie setzten sich und nach dem Dankesgebet begannen sie zu essen.

Als Gabriele in die Küche gehen wollte, um das abgeräumte Geschirr in das Spülbecken zu stellen, fiel sein Blick auf einen hellen Fleck neben der Tür. Die Schiefertafel hing nicht mehr dort. Die Stelle war leer.

Engelshaar

Helga hatte bereits beim Akt der Zeugung mit absoluter Sicherheit gewusst, dass sie schwanger war. Sie selbst hatte es etwas anders ausgedrückt. Sie sagte, dass eine Seele in sie eingetreten war. Vom ersten Augenblick an wusste sie, dass Unerhörtes vollzogen worden war. Ein Geschehen, das mit der jungfräulichen Empfängnis Marias gleichzusetzen war. Sie war Teil einer kosmischen Weltentstehung geworden. Und dies entstand jetzt - in ihr. So ungefähr erzählte sie.

Helga fühlte mit dem Wachsen ihres Bauches die Entwicklung eines neuen Bewusstseins, eines neuen Prinzips. In ihr und aus ihr entstand lebendiges, wahrhaftes Leben, für das sie die volle Verantwortung trug, das für immer mit ihrem eigenen Leben verwoben bliebe und von dem sie niemals mehr getrennt werden konnte. Niemals mehr.

Franz dachte, dass dieser Prozess und diese Gefühle normal seien für eine werdende Mutter. Franz war bei Katherinas Geburt dabei und sah sie zuerst. Ganz ernst sei sie auf die Welt gekommen, sie weinte nicht, sie schaute sich mit offenen klaren Augen um.

„Als man sie ihr auf die Brust legte, war es ein Erkennen", sagte Helga. „Immer schon hatten wir zusammengehört. Ihr Blick drang glasklar in mich ein. Sie lag wie ein Vögelchen auf mir, atmete, und mir wurde bewusst, dass niemand auf Erden diesen Menschen je so lieben würde, wie ich es tue", hatte Helga gesagt.

Franz liebte ebenfalls, doch es gab keinen Raum für ihn in dieser Verschmolzenheit der Körper von Mutter und Kind, wenn es an der Brust trank.

Helga stillte über zwei Jahre. Sie lagen Seite an Seite in der Nacht und alle paar Stunden wachte Katherina auf und suchte nach der Brust ihrer Mutter, dort schlief sie wohlig wieder ein, getränkt von der süssen Wärme, die ihr zufloss.

Helga weinte, als sie wieder arbeiten ging und Katherina bei Franz liess, der sein Arbeitspensum reduziert hatte, um auch für Katherina sorgen zu können. Helga weinte jedes Mal, wenn sie gehen musste. „Sie ist ein Teil meines Körpers, meines Wesens, meines Selbst, wie willst du als Mann das je begreifen. Wenn ihr Männer das nur ansatzweise verstehen könntet, würde es keine Kriege mehr geben."

Franz war verletzt, denn er hielt sich für einen vorbildlichen Mann und Vater, auch wenn er diese Symbiose nicht nachfühlen konnte. Sie schien ihm gar gefährlich, oder immerhin schädlich für die Entwicklung seiner Tochter, hatte er einmal gesagt. Er sei nur eifersüchtig, hatte sie erwidert. Dies konnte er eingestehen.

Helga war vom Augenblick der Verschmelzung von Spermium und Ei zu einem unfreien Menschen geworden, hatte sie einer Freundin gesagt. „Von nun an war mir die Freiheit des Sterbens genommen. Ich darf nicht mehr sterben. Ich muss da sein für Katherina, denn ein mutterloses Kind zu sein ist ein hartes Schicksal. Gleichzeitig erlischt mein Leben, wenn mein Kind stirbt. Ohne sie ist meine Existenz nichtig. Ohne sie gibt es für mich keinen Seinszweck auf diesem Planeten, wenn sie geht, gehe ich auch."

Helga hatte sich vorbereitet, sich alles genau zurecht gelegt. Von einem befreundeten Arzt hatte sie nach vielen hitzigen Diskussionen die entsprechende Dosis an zweckmässigen Tabletten bekommen. Für sich und für Franz. Der reagierte schockiert und ablehnend, so dass sie alles vorsorglich vor ihm versteckte. Im Estrich, im Buffet in der zweiten Schublade links oben lag ihr Testament, ihr Abschiedsbrief an Franz, ihre Adressliste von den zu benachrichtigenden Personen, die Telefonnummer des zu holenden Priesters, den sie ebenfalls in ihre Absicht eingeweiht hatte und der ebenfalls betroffen reagiert hatte, dennoch versprochen, im Ernstfall die Bestattung wie abgesprochen durchzuführen.

Dann geschah es.

Helga schaut aus dem Fenster auf die Strasse. Es ist Mittag. Sie hat Crêpes gebacken mit Apfelmus und Zimt. Die ersten Kinder kommen aus dem Kindergarten. Sie erkennt sie an ihren leuchtenden Bändeln. Da ist Linda, das ist Mark, und dort hinten kommt sie angetanzt. Ihr blonder Engel. Sie ruft, sie winkt. Katherina lacht, ruft und winkt zurück. Ihre langen Haare fliegen im Wind. Es ist Mai, mild, Frühlingsmonat. Amira und Selin spielen Fangen. Helga geht zur Tür um aufzuschliessen, gleich wird Katherina die Treppe hinaufhüpfen in ihre Arme und mit ihrer munteren Plauderei die Wohnung füllen. Sie werden die Crêpes essen, ein Glas Milch dazu trinken und es sich dann im Wohnzimmer mit einem Bilderbuch gemütlich machen.

Helga hört das Kreischen von Autobremsen, das Aufschreien von Kinderstimmen und genau wie sie den Augenblick des Eintretens Katherinas in diese Welt unmittelbar fühlte, wusste sie, dass sie nun wieder gehen würde. Es war die Wahrwerdung und Verwirklichung aller Ängste, die sie seit sechs Jahren begleitet hatten. Wie oft war sie aufgeschreckt in der Nacht, hatte nach Katherinas Körper getastet, bis sie der regelmässige Herzschlag zu beruhigen vermochte.

Der Schmerz trifft sie im Zentrum ihrer Existenz, als gäbe es einen Lebensnerv, der entzwei geschnitten worden wäre. Sie ist nur noch ein Roboter. Sie rennt hinaus auf die Strasse, wo bereits eine aufgeregte Menge steht. Sie kämpft sich durch die Menschen: Fremde, Zombies, die mit aufgesperrten Froschaugen auf ihr Leid glotzen.

Da liegt sie Blut überströmt, ihr Engel, ihr Alles, ihr Klein-
od. Das kostbarste Juwel dieser Erde liegt da mit unnatürlich
verdrehten Gliedern. Fasst sie nicht an, schreit sie mit
schriller Stimme, die nicht ihre sein kann, weil sie sich so
noch nie gehört hat; rührt sie nicht an, und wirft sich über
sie, um sie vor den schmutzigen Blicken der gaffenden
Menge zu schützen.

Die Sirenen des Krankenwagens. Immer schon hatte sie
geahnt, dass sie eines Tages ihr eigenes Unglück und Ende
einläuten würden. So laut sind sie, dass es schmerzt, als der
heulende Ton fehlt. Die Krankenpfleger bücken sich zu ihr
hin. Zu spät, weiss Helga, sie ist schon fort. Sie schieben sie
weg, sie wollen zu Katherina, sie wollen sie ihr wegnehmen.
Keine Panik, versucht sie sich zu beruhigen, sonst hast du
sie schon verloren. Auch darauf hatte sie sich schon lange
vorbereitet. Sie wusste, wie schwierig es ist, den Ärzten
einen toten Körper zu entreissen, damit man ihn noch einmal zu sich nach Hause nehmen kann. Jetzt klar bleiben,
jetzt kämpfen. Der Schmerz lähmt sie so sehr, dass sie kaum
denken und handeln kann. Damit hatte sie nicht gerechnet.
Dieses unendliche schwarze Loch, das sie aufzusaugen
droht in seinen dampfenden, speichelnden Schlund und sie
lähmt und handlungsunfähig macht.

Schon wollen sie sie von Katherina wegziehen und sie ihr
wegnehmen. Sie klammert sich mit aller Kraft an den Körper ihrer leblosen Tochter, Ich komme mit, ich komme mit,
ich komme mit, wiederholt sie ständig. Sie wiederholt es
noch im Krankenauto, als die Sanitäter versuchen, mit Be-
atmung und Herzmassage ein Leben zurückzuholen, das
bereits erloschen ist. Sie ist längst schon gegangen, quält sie
doch nicht, will sie ihnen sagen, doch die Zunge formt immer nur den einen Satz: Ich komme mit, ich komme mit.

Die Fahrt zum Krankenhaus, die Überführung in die Intensivstation. All die Leute, die auf sie zu kommen, reden, flüstern, hasten, Katherina betasten, drehen, wenden, begutachten, messen. Durchhalten, denkt Helga, durchhalten. Sie steht immer an Katherinas Bett, hält ihre Hand, die noch immer warme, und lässt nicht los. Auch als sie sie waschen und einbinden, um das Blut zu stillen, nicht.

Nicht loslassen, denkt sie, weil sie sonst nicht denken kann. Ihr Kopf braust von all den Stimmen, den aufgeregt zischenden und raunenden, bis es plötzlich still ist: Alle sind weg, bis auf ein Arzt, dessen Lippen sich bewegen.

Sie sieht, wie er Worte formt und sie hört auch Töne, er greift sie an die Schulter, sie schreckt auf, versucht sich zu konzentrieren. Zwei Wörter hämmern in ihrem Kopf: Organe freigeben. Ihr wird schwarz vor Augen. Die Hand nicht loslassen, Angst steigt in ihr auf, man könnte ihr Katherina wegnehmen, sie aufschneiden, ihr Augen, Herz, Nieren entnehmen.

Reiss dich zusammen, befiehlt sie sich, reiss dich zusammen. Durchatmen. Totenwache, hört sie sich stammeln. Totenwache zu Hause, stammelt sie. Das hatte sie sich zurecht gelegt damals, als sie bereits geahnt hatte, dass dieser Tag eintreffen musste.

Ein anderer Arzt kommt, legt ihr Papiere vor, die sie durchlesen und unterschreiben soll. Sie sieht nichts. Ich bin blind, ich kann nicht lesen, will sie sagen.

„Was steht dort?", fragt sie matt.

„Die Entlassungspapiere, sie müssen unterschreiben, sie müssen das Bestattungsinstitut anrufen, soll ich ihnen jemand rufen, brauchen sie ein Telefon?"

Der Sarg, das Bestattungsinstitut. „Ja, bitte."

Der Arzt gibt die Masse durch für den Sarg: Ein Meter achtzehn ist sie geworden, meine süsse Kleine. Achtundvierzig Zentimeter warst du bei deiner Geburt. Einundsiebzig Zentimeter bist du gewachsen in den fünf Jahren ausserhalb meines Körpers. Ganze einundsiebzig Zentimeter. Mehr durftest du nicht werden, denn Engel sollen zierlich bleiben.

Helga betet, dass sie es schafft, nicht ohnmächtig zu werden, bis sie zu Hause sind. Lass mich das alles aushalten, denkt sie, obwohl sie ihn tief innen hasst, diesen Gott, der zugelassen hat, dass dies geschehen konnte. Aber sie braucht sie noch, seine Gnade und hat Angst vor seiner Macht im anderen Land. Sie will demütig sein und ihm nichts vorwerfen, wenn er nur zulässt, dass sie so schnell wie möglich allein sein kann.

Die Tür schlägt hinter ihnen zu. Fünf Uhr. Fünf Stunden erst sind vergangen, seit sie am Mittag aus dem Fenster Katherina zurief und winkte. Fünf Stunden. Es gibt gar keine Zeit. Zwei Stunden noch und Frank würde zu Hause sein, jetzt musste sie schnell sein.

Sie rennt in den Estrich, zieht die Schublade links oben auf, nimmt alles hinunter. Katherina liegt im geöffneten Sarg, sie wollte es so. Sie sucht im Schrank nach ihrem Lieblingskleid, das Hellblaue mit der Schürze und den vielen Schleifen, das zieht sie ihr über das Leichenhemd, dazu die Spitzensöckchen.

Sie selbst zieht das grüne Satinkleid an, das Franz so gut an ihr gefiel. Sie kämmt sich die Haare und bindet sie zu einem lockeren Seitenzopf zusammen. Dann geht sie ins Schlafzimmer, schlägt die Decke zurück und trägt Katherina vorsichtig ins Bett. Wie leicht sie ist. Sie legt sie in die Mitte. Durch den Verband am Kopf dringt Blut. Sie bürstet ihr die verklebten Haare und breitet sie über das Kissen. Auf Franz' Kopfkissen legt sie die Adressliste, das Testament, den Abschiedsbrief und die Pillen. Dazu eine kurze Notiz: Wir warten auf Dich, wann immer Du kommst.

Dann legt sie sich ins Bett. Endlich zur Ruhe kommen. Sie schluckt die Tabletten andächtig und dankbar. Sie dreht sich zur Seite und hält ihre Tochter im Arm. Engelshaare hat sie, denkt sie noch und ihr Herz schlägt heftig in freudiger Erwartung auf ein baldiges Wiedersehen. Ein Glücksgefühl erfüllt sie, stärker noch als bei der Geburt von Katherina. Denn dort war ihr schlagartig ihre Vergänglichkeit bewusst geworden, und von Anfang an hatte sie darunter gelitten, dass ihrer Einheit durch den Austritt des Wesens aus ihrem Körper ein Ende gesetzt worden war. Jetzt hingegen zählte sie auf die Ewigkeit, in der sie für immer Eins sein würden.

Als Franz nach Hause kam, atmete Helga noch.

„Wir könnten ihr den Magen auspumpen", meinte der Priester, den sie eingeweiht hatte. Er klang nicht überzeugend. Franz schüttelte den Kopf, das Gesicht in den Händen.

„Sie würde mich dafür hassen, das wissen Sie."

Er hatte die Adressliste gefunden und sofort den Priester angerufen, damit er nicht alleine entscheiden müsste. Er hatte das Öl mitgebracht und machte beiden das Kreuz auf die Stirn und murmelte dazu. Franz fand das Gemurmel tröstlich. Helgas Zunge wölbte sich aus dem Mund, Franz musste wegsehen. Sein Blick fiel auf Katherina. Er legte sich neben sie, den Kopf auf sein Kissen, die Hände auf den Bauch seiner Tochter.

„Bitte, lassen Sie mich etwas allein mit ihnen, warten Sie in der Küche auf mich. Eine Stunde noch und wir können sie in die Kapelle bringen lassen." Der Priester blickte zögernd auf Franz, dann ging er hinaus und zog die Tür hinter sich zu.

An: Frau Dr. Fried
Betreff: Berichtigung

Zugegeben. Es war übertrieben, dass ich mit dem Küchenmesser auf meinen Vater losging. Im Grunde war es bloss ein Missverständnis.

Ich griff zum Messer, weil es vor mir lag, und eigentlich wollte ich Harakiri machen. Mir fehlte bloss die Zeit dazu.

Harakiri bedeutet ja nicht, sich das Messer einfach so in den Bauch zu rammen, dazu braucht es schon etwas Vorbereitung und Geistessammlung. Harakiri ist eine Kunst.

Meine Mutter schrie so laut und schrill, als sie mich mit dem Messer in der Hand sah, dass ich mich nicht auf den richtigen Punkt über meinem Bauchnabel konzentrieren konnte.

Mein Vater kam gleich angerannt und, wie gesagt, es war ein reines Missverständnis, ich war wütend, dass ich aus dem Konzept geworfen worden war, meine Mutter war hysterisch, mein Vater polterte in die Küche, blickte zunächst ratlos, als er mich mit dem Messer in der Hand erblickte, weiss Gott, was er sich dabei gedacht hat. Jedenfalls wandelte sich sein konsternierter Gesichtausdruck zu einer bedrohlichen Fratze, so erschien es mir wenigstens. Er bestreitet es, er sei in Sorge um meine Mutter gewesen, wie wenn ich ihr je etwas antun könnte, so direkt meine ich. Ärger hatte sie genug durch mich, aber sie anfallen, gar verletzen oder schlimmer, niemals. Meinen Vater, ja, das heisst nicht vorsätzlich, aber so im Affekt, denn das war es wohl, was mich die Hand gegen ihn erheben liess, als er auf mich zustürzte. Wenn sich meine Mutter nicht dazwischen geworfen hätte, weiss ich nicht, was geschehen wäre. Zugegeben.

Meinen ersten Selbstmordversuch beging ich ein paar Monate vor der Matur. Ich schluckte Tabletten: Schlaftabletten, Schmerz-tabletten, Beruhigungsmittel, was ich so im Medizinschrank meiner Eltern fand.

Prüfungsangst, hiess es dann. Meine Eltern waren sehr erleichtert, als sie ein paar Bücher fanden, wo drin stand, was mit mir los war. Dabei hatte ich überhaupt keine Angst. Ich wusste genau, dass ich durchkommen würde, ganz gut sogar, wenn ich nur lernen würde. So war es ja dann auch. Mein Resultat lag über dem Durchschnitt, was das allgemeine Unverständnis noch vergrösserte. Wovor hattest du bloss Angst?, wurde ich gefragt. Ich hatte ja eben gar keine Angst.

Ich hatte keine Lust. Simpel und einfach kein Bock aufs Lernen. Antriebsschwäche, von mir aus; Motivationsverlust, auch. Es ist möglich, dass das durchs Kiffen kam. Es ist möglich, sage ich. Ich weise gerne den Drogen die Schuld zu, aber ganz so dumm bin ich ja auch nicht. Ein Stück Restverantwortung bin ich zu übernehmen bereit.

Ich wollte kiffen, das ist sonnenklar. Dafür übernehme ich die volle Verantwortung. Mir gefiel die Geheimnistuerei, die Wichtigkeit der vorgeschriebenen Handlungen, das Ritual des Jointrollens: Papierchen ausbreiten, Rizla zum Beispiel, rote oder blaue, das ist von Bedeutung, Zigarette der Länge nach befeuchten, sorgfältig öffnen, Tabak auf Silberpapier der Packung geben, dann das Piece: Auspacken, heizen, ein Stück davon zwischen den Fingern zermahlen, mit dem Tabak mischen, zerreiben, damit es eine feinkörnige Mischung gibt. Die Mischung kommt auf das Papierchen. Filter vorbereiten, ein Zugbillet eignet sich vorzüglich, dann rollen. Darin bestand die hohe Kunst, hierbei zeigte sich der Meister, daran war abzulesen, wer wie lange schon dabei war.

Das Rauchen selbst war eher unangenehm, anfänglich, es kratzte im Hals und es war ein ständiger Kampf gegen das Husten; eine Blösse wollte sich schliesslich niemand geben.

Wir hörten Bob Marley, und ja, es ist möglich, dass ich auch deshalb keine Lust hatte zu lernen. Vielleicht hätte ich auch ohne kiffen keine Lust gehabt. Vielleicht kiffte ich nur, *weil* ich keine Lust aufs Lernen hatte.

Mir liegt etwas daran, dass man nicht glaubt, ich hätte Angst gehabt. Nicht einmal vor dem Sterben. Vor dem Tod schon gar nicht. Schlechter als hier konnte es danach auf keinen Fall sein, und wenn in all den Religionen, die von sich behaupten, die Alleinseligmachenden zu sein, nur ein Fünkchen Wahrheit steckt, dann sollte es drüben recht lustig sein. Im schlimmsten Fall erwartet mich nichts. Auch damit könnte ich leben. Etwas langweilig, aber wo nichts ist, gibts auch keine Prüfungen, kein Lernen, keine Arbeit, keine nörgelnden Eltern, Verpflichtungen, Stress.

Nachdem ich all die Pillen geschluckt hatte, war mir schon etwas mulmig zumute. Ich bekam rasendes Herzklopfen und dachte, ich müsste gleich etwas Verrücktes tun. Ich wollte dem Schicksal die Chance geben, meinem Leben doch noch eine andere Wende zu geben, und so sandte ich meiner Mutter ein SMS, das mich selbst zum Heulen brachte.

Tränenüberströmt legte ich mich voll angekleidet, ohne Schuhe, aufs Bett. Ich überlegte noch, ob ich die Socken wechseln sollte, sie waren schmutzig und stanken. Aber das Zeug entfaltete bereits seine Wirkung, und ich wachte erst viel später auf: da lag ich ohne Socken, in einem weissen Gewand auf einem anderen Bett.

Im ersten Schreck dachte ich, ich läge scheintot in meinem Sarg und würde jeden Augenblick durch den Verbrennungsofen des Krematoriums geschoben, da sah ich zu meiner Erleichterung Mamas tränenaufgequollenes Gesicht über meinem. Sie hatte das SMS erhalten.

Diesen Kick wollte ich wieder, als ich nach dem Küchenmesser griff. Man fühlt sich so lebendig, wenn man sterben will.

Ich hatte meine Mutter nicht gesehen, wie sie im Schrank hinter der Tür nach dem Rezept von griechischer Musaka suchte. Ich sah nur die Auberginen, die Kartoffeln, die Zwiebeln und das Küchenmesser auf dem Tisch liegen.

Sie glauben, ich hätte unbewusst gespürt, dass meine Mutter da sei; ich hätte gewollt, dass sie eingriffe; ich hätte gewusst, dass sie schreien würde; ich hätte gehofft, dass mein Vater herbeigeeilt käme, damit ich einen Grund hätte, ihn, meinen Rivalen, anzugreifen und auszuschalten.

Das sagen Sie. Ich sehe es anders.

Es entstand aus einer Mischung von Langeweile und Neugier. Mal sehen, wie das ist, mal sehen, wie es kommt. Der Kick halt. Ausbrechen aus diesem elenden Trott, der das Leben verbraucht, vergeudet. Aufstehen, frühstücken, tätig sein, Mittag essen, Tätigkeit, Abendessen, Fernsehen oder Ausgehen, Bett. Das ist alles.

Alle Wege liegen vor dir, du kannst tun, was du willst, an jede Universität der Welt gehen, jeden Beruf deiner Wahl ergreifen, die Türen stehen alle offen, du brauchst nur deine Hand auszustrecken, den Weg unter die Füsse zu nehmen.

Das ist es genau. Ich will das alles gar nicht. Ich will nichts ergreifen, ich will durch keine Türe gehen, ich will keinen Weg begehen. Ich will nichts. Ich will, dass man mich in Ruhe lässt.

Das war es vielleicht. Das ist es.

Vielleicht hatten Sie Recht damit, dass ich Ihnen schreiben soll. Schreiben ist besser als reden, weil Sie mich dabei nicht anschauen mit Ihren prüfenden Augen, und vor allem keine Fragen stellen, bei denen ich sofort weiss, wo Sie mich haben wollen.

Ich komme auch nicht mehr zu ihren Sitzungen. Nach dem Debakel mit meiner Schwester hat sich das ohnehin erledigt. Meiner Mutter können Sie vermutlich helfen, denn das wollen Sie ja, das ist Ihr Beruf.

Kein schlechter übrigens. Die anderen labern über ihr Leben, Sie hören zu, da eine Frage, dort eine Antwort und Sie sahnen ganz schön ab dabei. Würde ich auch machen, wenn ich vorher nicht durch die Maschinerie der Universität müsste. Nein, da lass ich's lieber. Ich meine, ich habe ja einen Job. Gut, als Lagerist hätte ich keine Matur machen müssen. Na und? Warum muss ich unbedingt studieren, mich weiterbilden, bloss, weil ich ein Stück Papier in den Händen habe, wo „Matur" drauf steht? Ich habe das Recht auf eine einfache Arbeit.

Gerade nach meinem Abschluss meldete ich mich bei der „Stadtreinigung", neu heisst das „Entsorgung und Recycling". Ich stellte mir die Arbeit als Strassenwischer angenehm vor, immer unter den Leuten, Arbeit an der freien Luft, mein eigener Chef sein, alleine arbeiten, klare Grenzen, klarer Aufgabenbereich. Das und das Gebiet muss bis dann und dann sauber sein. Klar und einfach.

Keine Chance: zu jung, zu gut ausgebildet. Sie dachten, ich wolle das nur so in den Semesterferien machen, sie bräuchten aber Leute, die voll arbeiteten. Meine Mutter weinte, als ich ihr mitteilte, Strassenwischer werden zu wollen, wegen ihr war ich nicht unglücklich, dass es dort nicht klappte.

Mit meiner jetzigen Arbeit kann sie leben. Sie erzählt allen, ich mache das zur Überbrückung, bis ich die Richtung für meinen zukünftigen Lebensweg gefunden habe.

Sie wollen mich alle zwingen weiterzustudieren, aber ich weigere mich. Ich will keine Weiterbildung, ich will keine Karriere. Ich will sein. Das ist alles.

Eigentlich sehe ich das erst jetzt so klar. So sicher war ich mir nicht immer, deshalb auch der Griff zum Messer. Vielleicht wollte ich das Schicksal herausfordern, es zwingen, mir bei meiner Entscheidung behilflich zu sein, irgendwie. Jetzt muss etwas geschehen, dachte ich vermutlich. Das hat doch nichts mit meinem Vater zu tun, wie Sie glauben.

Als sich meine Mutter zwischen meinen Vater und mich stellte, liess ich das Messer fallen und kickte es weg, damit er es nicht zu fassen kriegte. Er hätte mich umgebracht, so wie er mich ansah. Er würgte mich auch gleich und liess erst los, als ihn meine Mutter an den Haaren riss und „lass den Jungen los, lass den Jungen los" schrie. Er liess los und ich rannte in mein Zimmer. Vorsorglich schloss ich die Tür hinter mir ab. Er war zu allem fähig. Er wollte mich schlagen, doch seit ich volljährig bin, schlage ich zurück.

Die letzte Schlägerei war noch nicht lange her und ich hatte sie noch in lebendiger Erinnerung. Das musste ich nicht nochmals haben. Es gab immer nur Verlierer auf beiden Seiten.

Mein Vater und ich hatten auch schon bessere Zeiten. Wir spielten Fussball, er feuerte mich im Club an, wir sahen uns die Spiele am Fernsehen an. Wir hielten zusammen, waren stets für die gleichen Mannschaften. Ausnahmslos. Egal ob EM, Uefa Cup, Champions League, WM, nationale oder lokale Meisterschaften. Wir waren uns einig. Auch in Bezug auf die Urteile über einzelne Spiele, Spielablauf, Schiedsrichter. Immer der gleichen Meinung.

Vielleicht war das der Tod unserer Beziehung. Oder vielleicht gab er sich der Täuschung hin, wir seien gleich, ich und er, und glaubte, ich würde all die Dinge realisieren, die ihm verwehrt waren. Das wäre der klassische Fall. Auf jeden Fall war er enttäuscht, dass ich keinen Ehrgeiz hatte. Faulheit nannte er mein Nichts-sein-wollen, mein Nichtswerden-wollen. Faul, schlaff, träge, nutzlos, ein Parasit, das war ich in seinen Augen.

Gut, ich hängte herum. Aber das Schulsystem verführte mich dazu. In der Bank hängen und zuhören, was die Lehrer von mir wollten. Ab und zu was aufschreiben, ab und zu die Hand erheben, ab und zu auf Prüfungen lernen. Oder eben auch nicht. Ich habe meine Matur mit minimalem Aufwand bestanden. Die Rechnung ist für mich aufgegangen.

Dass ich nach der Matur nur zu Hause herumhing, brachte meinen Vater zur Weissglut. Ich hatte gewusst, dass er irgendwann explodieren würde, wer weiss, irgendwo mögen Sie Recht haben, dass ich vielleicht auch ihn provozieren wollte. Bewusst bestimmt nicht, aber, wie soll ich sagen, danach war plötzlich alles radikal besser.

Als ich die Tür hinter mir abschloss, ging das Ghetto erst recht los. Mein Vater hämmerte an die Tür, ich hörte es durch die Kopfhörer, obwohl ich das Volumen voll aufgedreht hatte. Ich sah mich im Zimmer nach Verteidigungswaffen um, denn wie gesagt, ich liess mich nicht mehr wehrlos schlagen.

Das erste Mal schlug er mich, als ich sechzehn war. Bis dahin waren wir ein Team gewesen, er und ich. Damals erwischte er mich. Es war auch zu blöd gelaufen, ich hatte ihn gar nicht erwartet, rauchte eins mit Christian in meinem Zimmer. Als ich Lärm im Wohnzimmer hörte, wollte ich nachschauen, wer gekommen war und öffnete meine Zimmertür. Mein Vater stand davor, sah in meine knallroten Augen, auf den Joint in meiner Hand und schon hatte ich meine erste Ohrfeige kassiert. Ich war so geschockt, dass er mich schlug, vor meinem Kollegen, dass ich einfach stehen blieb. Den Joint immer noch in der Hand. Und mein Vater schlug mich weiter und weiter, bis er genug hatte. Ich erinnere mich nicht, geweint zu haben. Höchstens lief mir rein reflexartig eine Träne über die Wange, weil die Haut über meinen Backenknochen brannte.

Christian lachte. Er konnte nicht mehr aufhören, er war echt zugedröhnt. Mir war weder nach lachen noch nach weinen zu Mute. Ich fühlte mich vollkommen nüchtern. Glasklar erkannte ich, dass meine Kindheit definitiv und für immer vorbei war.

Sie denken, ich dramatisiere. Schon möglich. Aber dieser Tag teilte mein Leben in ein Vorher und ein Nachher. Wir waren Kumpels gewesen, mein Vater und ich, immer einer Meinung und dann ohrfeigte er mich wie blöd, und noch dazu vor einem Kollegen, für einen dämlichen Joint. Der war es bestimmt nicht wert.

Wir sprachen nachher nicht mehr darüber, als hätte er alles gesagt und ich alles verstehen sollen. Ich verstand nur, dass ich mich ab jetzt besser verstecken musste. Das änderte höchstens meine Verhaltensweise, insofern als ab jetzt zu Hause rauchen tabu war. Mehr nicht. Und ich trat aus dem Fussballclub aus. Das war meine Rache. Ob es ihn getroffen hat, weiss ich nicht, wir sprachen weniger miteinander. Wir hatten wohl beide Angst zu entdecken, dass wir nicht mehr gleicher Meinung waren.

Ich griff also zum Stuhl, um mich zu verteidigen, falls es meinem Vater gelingen würde, die Tür einzuschlagen, woran ich angesichts der Heftigkeit der Schläge nicht zweifelte. Da klingelte es an der Haustür und augenblicklich war Ruhe.

Das waren *Sie*. Meine Mutter hatte Sie in ihrer Verzweiflung angerufen und Sie sind gleich gekommen. Das hat uns bestimmt vor einigem bewahrt. Dafür war ich Ihnen ja auch dankbar, und nur deshalb bin ich in die Familientherapie gekommen. Geglaubt, dass der ganze Zirkus etwas bringt, habe ich nie. Ihnen zuliebe, meiner Mutter zuliebe.

Mein Vater glaubt auch nicht an das ganze Tamtam. Darüber haben wir uns ein Stückweit wieder gefunden.

Sein Schlagen sei meinen Selbstmordversuchen gleichzusetzen, sagen Sie. Ein Versuch die Wortlosigkeit zu überwinden. Der Versuch, Grenzen der Inkommunikabilität zu sprengen und sich Gehör zu verschaffen. Mag sein, dass Sie Recht haben. Ich will Ihnen das gerne zugestehen. Ich wollte etwas in Bewegung setzen. Mein Vater vielleicht auch.

Wir sind versöhnt inzwischen. Er hat Fehler gemacht, ich habe Fehler gemacht. Er hat aufgegeben, mir Ehrgeiz einimpfen zu wollen, wo ich keinen habe. Vorher sagte er noch „lebenslange Bildung ist heutzutage gefragt" oder „Wer stehen bleibt, ist bald weg vom Fenster" oder „In zehn Jahren hat nur noch Arbeit, wer auf der Höhe der Entwicklung ist". Lauter solchen Scheiss. Hat er vom Fernsehen und den Zeitungen.

Irgendeinen Handlanger wird man wohl immer gebrauchen können. Ich bin mir nicht zu schade, Müll rauszubringen, Aschenbecher zu leeren, Toiletten zu reinigen, den Boden zu wischen und andere ähnliche, sogenannt niedrige Arbeiten zu verrichten. Ich kann auch einen Computer bedienen, bin schnell in alle Programme eingearbeitet, das kann mein Gehirn ausgezeichnet, dank jahrelanger Ausbildung vorzüglich geölt.

„Noch", meint mein Vater, aber mehr sagt er inzwischen nicht mehr.

Wir waren auch wieder einmal an einem Fussballspiel zusammen. Wir waren beide der Meinung, der Schiedsrichter habe parteiisch gepfiffen, zwar zu Gunsten unserer Mannschaft, aber dennoch, fair ist fair und sonst heisst es noch, wir hätten bloss gewonnen, weil der Schiedsrichter parteiisch war. Das war, als ich Katrin mitgenommen habe. Sie war nicht der Meinung, der Schiedsrichter sei unfair gewesen, sondern unser Team sei eindeutig das bessere gewesen, das habe ihn wohl zu dieser etwas einseitigen Haltung geführt. Mein Vater lud uns nach dem Spiel auf ein Bier ein und nach der dritten Runde hatten sie Freundschaft geschlossen.

Meiner Mutter gefällt Katrin auch. Umso besser. Endlich läuft alles rund und Sie können unsere Akte getrost schliessen.

Ich schreibe Ihnen diese paar letzten Informationen zur Vervollständigung des Bildes, das Sie sich nach den paar wenigen Sitzungen mit uns machen konnten. Meine Mutter hat gesagt, wenn wir nicht mehr mitkämen, würde sie allein weiterhin zu Ihnen gehen. Eine blendende Idee. Sie braucht jemanden, dem sie sich anvertrauen kann. Jetzt, wo ich auch ausgezogen bin, hat sie vermutlich auch ihre Startschwierigkeiten.

Seit dem Eklat an unserer letzten Familiensitzung weiss ich nicht mehr, wie sie zu meinem Vater steht. Jasmin gab mir die Schuld, dass sie damit herausgeplatzt sei, ohne wenigstens meine Mutter vorgewarnt zu haben. Sie erinnern sich, ich bin Jasmin nachgerannt, als sie aus dem Zimmer rannte. Nicht so sehr, um sie zu trösten, sondern weil es mir peinlich war, meinen Eltern ins Gesicht zu sehen. Die Szene zwischen ihnen wollte ich mir ersparen. Dass mein Vater der Jasmin zwischen die Beine gefasst und den Kopf an ihren Brüsten gerieben haben soll, glaube ich sofort. Inwieweit Jasmin mitgespielt oder ihn gar provoziert hat, kann ich nicht beurteilen. Sie hat's erzählt, als hätte er sie vergewaltigt. Mir ist, als sähen Sie mich böse an. Gut, ich nehm's zurück. Bestimmt bin ich nicht der Richtige, der objektiv abwägen kann, wie schlimm oder wie falsch das Verhalten meines Vaters war. Ich gehe davon aus, dass Sie der ärztlichen Schweigepflicht unterstehen, deshalb erzähle ich Ihnen eine Begebenheit im Vertrauen, damit Sie meiner Mutter helfen, die Sichtweise eines Mannes nachzuvollziehen. Die beiden passen zueinander, eine Scheidung nach all diesen Jahren wäre ziemlich unangebracht und unangemessen. Vielleicht hilft ja meine Erinnerung.

Ich war vierzehn, ein Junge noch, etwas schlaksig, der Stimmbruch hatte begonnen, die ersten nassen Träume hatte ich schon. Meine Schwester Jasmin war neunzehn. Sie schminkte sich, zog sich modisch an. Sie hatte lange dunkelbraune gelockte Haare, war sehr schlank und hatte zwei tolle Brüste. Meine Freunde standen alle auf sie.

Wir waren recht natürlich aufgewachsen, das heisst, wir gingen nicht gerade stundenlang nackt durch die ganze Wohnung, aber zum Duschen oder nach einem Bad bedeckten wir uns auch nicht schamerfüllt vor den anderen Familienmitgliedern. Wir verhielten uns ganz normal. Wenn man duschen will, muss man sich nackt ausziehen, dann geht man in die Wanne. Punkt. So war's bei uns, aber eben, ich war vierzehn, sie fünf Jahre älter und plötzlich war alles nicht mehr so normal. Plötzlich sah ich ihre Brüste mit ganz anderen Augen. Wenn sie sich auszog, war mir nicht mehr wohl und ich wusste nicht mehr, wohin schauen.

Bis sie eines Tages meine Verlegenheit bemerkt haben muss. Sie zog sich ungewöhnlich langsam und ganz anders als sonst aus.

Wenn ich zurückdenke, wird mir klar, dass sie vor mir strippte. Wir teilten uns das Zimmer und sie hatte sich immer in meiner Gegenwart ausgezogen, doch diesmal war es anders.

Ich gab vor zu lesen, doch immer wieder blickte ich heimlich auf, um einen Blick zu erhaschen. Ganz kurz nur, um meinen Kopf nur noch tiefer über mein Buch zu senken. Einmal gelang es mir nicht, den Blick rechtzeitig von ihren üppigen Brüsten abzuwenden. Sie lächelte triumphierend, als sich unsere Augen trafen. Ich fühlte, wie mir das Blut ins Gesicht schoss. Sie lachte und kam auf mich zu, nackt wie sie war. Ich sass am Schreibtisch auf meinem Stuhl, in der Hand mein Buch. Ich hatte mich abgedreht, flammend rote Stirn und Wangen, mein Herz klopfte. Ich hatte Angst vor ihrem Hohn. Ich fühlte, dass sie hinter mir stand; sie lehnte sich an mich, ich spürte ihre weichen Brüste an meinem Rücken. Ich schwitzte. Dann griff sie in mein Haar und drehte mich mitsamt dem Stuhl um. Es war das Paradies. Ich legte meinen Kopf zwischen ihre warmen runden Kugeln und ich hätte so bleiben mögen für immer. Sie bewegte sich ein bisschen und mir war, als wäre ich auf einer Wolke.

„Das gefällt dir wohl, was", sagte sie kichernd, ohne bösartigen oder verletzenden Unterton. „Lass mal schauen, wie sehr", und damit griff sie mir zwischen die Beine, wo sich mein Vergnügen nicht verbergen liess. Sie lachte fröhlich, knuddelte mich ein bisschen, zersauste meine eh schon strubbeligen Haare, liess mich noch einmal zwischen ihren Brüsten versinken und drehte mich dann wieder mitsamt dem Stuhl um. „Damit musst du dich noch etwas gedulden, Brüderchen", meinte sie lachend und ging dann aus dem Zimmer, um zu duschen.

Mich liess sie siedend heiss vor Verlangen und schamerfüllt zurück.

Von da an nahm sie ihre Kleider stets ins Bad mit und zog sich dort um. Sie neckte mich noch manchmal damit, zog mich kurz an ihre Brust und wuschelte in meinen Haaren, aber ich sah sie nie mehr nackt.

Ich weiss nicht, wie das mit meinem Vater war, vielleicht ist das ähnlich abgelaufen. Sie mögen sagen, ich sei vierzehn gewesen und ihr Bruder, mein Vater immerhin fünfzig und schliesslich in der verantwortungsbewussten Rolle des väterlichen Vorbilds. Ich hab's nicht so mit den Rollen. Letztlich müssen das meine Mutter und er ausdiskutieren, ich habe ein Puzzlestück dazugeliefert.

Sehen Sie, so eine Familientherapie bringt vielleicht Dinge hoch, die besser in der Erinnerung belassen worden wären. Wir sprechen von mir und der unseligen Messergeschichte und kommen auf längst begangene Grabschgeschichten meines Vaters. Das Ganze hat die Sache doch ins Unermessliche kompliziert.

Meiner Mutter hat das Alles sehr zu schaffen gemacht. Sie identifiziert sich zu stark mit uns allen, glaubt für Alle und Alles verantwortlich zu sein. Sie sollte mehr für sich schauen, dann ginge es ihr besser. Sich nicht immer um uns kümmern, was wir tun, wie's uns geht. Ich kann auch nicht dauernd an meine Eltern denken, ich muss jetzt mein eigenes Leben leben. Sie soll es auch.

Katrin gefällt ihr, vielleicht weil sie Jasmin gleicht. Das war klar für mich, seit ich vierzehn war: Meine Freundin muss mindestens so tolle Titten wie die von Jasmin haben. Sie mögen schockiert sein, Sie mögen einwenden, es müsse noch andere Werte geben. Bestimmt, doch es gibt gewisse Grundvoraussetzungen, ohne die eine Beziehung nicht einmal beginnen kann. Die Basis sozusagen. Für Sie mag es der Intellekt eines Mannes sein, für andere die Nationalität, wieder für andere die Religionszugehörigkeit, die Sprache oder die Haarfarbe, für mich waren es die Form und die Grösse der Brüste. Die von Jasmin haben sich nun mal in mir eingebrannt und es würde mir immer fehlen. Bei der allerbesten Beziehung käme irgendwann der Moment, wo ich denken würde, aber Jasmins Titten waren einfach schöner.

Katrin ist perfekt. Sie findet es toll, dass ich ihren Busen hinreissend finde. Sie hatte auch schon anderes hören müssen. Milchfabrik und Ähnliches. Männer sind Schweine, sagt sie dann.

Eigentlich wollte ich meinen Brief so an Sie enden lassen, ich wollte damit auch eine gewisse Schuld auf mich laden, einen Teil meiner Verantwortung übernehmen sozusagen, aber Katrin war damit aus zwei Gründen nicht einverstanden. Erstens fand sie, ich drücke mich nur wieder vor meiner Selbstverantwortung, indem ich mich unter dem Etikett „Männer" verberge und zweitens wolle sie nicht zitiert werden, als sei sie es, die Schuld zuweise. Sie hätte schliesslich mit meiner Familiengeschichte nichts zu tun.

Ich werde einen anderen Schluss finden müssen.

Katrin und ich sind zusammengezogen und damit hat sich wohl die Rivalität, die Sie meinem Vater und mir unterstellten, entschärft. Ich werde im Herbst eine kaufmännische Ausbildung bei der Post beginnen, mehr will mein Vater nicht von mir. Wir werden uns an Fussballspielen treffen und ich wüsste nicht, wieso wir wieder aneinander geraten sollten. Ich habe nichts mehr dazu zu sagen.

Meine Mutter hat sich nichts vorzuwerfen, ausser vielleicht den Vogel nicht aus dem Nest geworfen zu haben, als er flügge war. Von der Natur gäbe es einiges zu lernen. Die Tiere sind nach wie vor klüger als wir oder haben Sie je ein Tier gesehen, das versucht sich selbst zu zerstören?

Der Andere

Die Weinflasche aus grünem Glas stand im Gestell in der Küche. Es war eine dieser Flaschen, in die der gute starke rote Wein vom Bauern direkt eingefüllt wird. Ein von Hand geschnitzter Zapfen steckte darin. Sie war halbvoll.

Anne wusste genau, dass kein Wein darin war, sondern Blut. Es war das Blut von Claude, den sie endlich erschossen hatte. Sie starrte auf die Flasche mit seinem dicken roten Blut darin, als er unvermittelt in die Küche trat. Anne fiel fast um vor Schreck, dass er noch lebte, wo doch sein Blut ganz sicher dort in der Flasche war. Und sie war so erleichtert, dass sie ihn doch nicht erschossen hatte, dass sie ihn ungestüm umarmte, und er lachte aus vollem Hals.

Ein schönes Lachen, ein breites Lachen, so wie er nur lachte, wenn sie ihn liebte. Aber sie hasste ihn auch, und deshalb hatte sie auf ihn geschossen und war sich sicher gewesen, ihn getötet zu haben.

Anne schlägt die Augen auf und starrt ins Dunkle. Sie versucht, in den Traum zurückzugehen. Wie hatte sie sich gefühlt, als sie geglaubt hatte, Claude getötet zu haben? Erleichtert und befreit. Und als er in der Küche auf sie zutrat? Auch Erleichterung, weil sie nicht zur Mörderin geworden war.

Sie hatte sich seinen Tod schon oft gewünscht, dass er nie mehr käme, dass sie ihn nie mehr sehen müsste, dass er sie niemals mehr belästigen, sie niemals mehr beschimpfen, sie niemals mehr anrufen, sie niemals mehr rufen, niemals mehr etwas von ihr wollen, niemals mehr Geld von ihr verlangen, sie niemals mehr deprimieren, sie niemals mehr beunruhigen würde. Aber wegen ihm ins Gefängnis, nein, das hätte sie nicht gewollt.

Entschlossen knipst sie das Licht an. Gut, sie würde ihn umbringen. Aber richtig und so, dass man es ihr nicht anlasten konnte. Der Plan stand schon lange fest, aber sie hatte Angst gehabt ihn umzusetzen. Den Stoff zu beschaffen, zum Beispiel, obwohl sie wusste, wo. Das wusste jeder in Zürich. Das wusste man wohl in jeder Stadt. Man musste nur in der Nacht durch gewisse Strassen gehen, und bald wurde man angequatscht: „Coci, willst du Coci?"

Zuerst hatte sie wirklich gedacht, jemand wollte sie auf eine Cola einladen, aber als sie Arm in Arm mit Jean-Claude durch jene Strasse geschlendert und trotz männlicher Begleitung mit dem gleichen Spruch angemacht worden war, waren ihr Zweifel gekommen und sie hatte ihn gefragt.

Er hatte sie ausgelacht: „Kokain, du Dummchen, bist *du* naiv, und überhaupt in deinem Alter, wer sollte dich auf eine Cola einladen." Ein hämisches Grinsen hatte er dabei aufgesetzt.

Sie hatte sich angewöhnt, seine bösartige Seite Claude zu nennen und als er nachher im Restaurant wieder lieb und zärtlich war, dachte sie, jetzt ist er wieder Jean. Den hasste sie nicht.

Claude wollte sie umbringen, nur ihn, und dann musste sich ja herausstellen, ob etwas dran war an dieser absurden Zwillingsgeschichte, die er ihr eingeredet hatte.

Sie würde in die Langstrasse gehen, auf und ab gehen, bis sie wieder jemand auf eine Cola einlud, und dann würde sie mitgehen und nach dem Stoff fragen. Wer Kokain verkaufte, musste bestimmt auch Heroin haben oder wenigstens wissen, wer es hatte.

Sie wollte genug Geld mitnehmen, denn er sollte sich so richtig verladen können. Das wollte er ja schon lange, und sie hatte es ihm dauernd verboten, gekämpft mit ihm, dass er sich nicht schaden solle, sich nicht Gift spritzen. Angst hatte sie gehabt um ihn. Ständig.

Heute würde sie ihm selber das Heroin in die Hände geben. „Da, nimm!", würde sie ihm sagen, „ich will sehen, wie du es dir in die Venen jagst." Das war das Gute an der Sucht, er würde nicht einmal Verdacht schöpfen; oder vielleicht doch, aber die Sucht würde stärker sein. Das Flash zu spüren, wie sich die Welt wattierte, weicher wurde, erträglicher. Dann würde er wieder sanft mit ihr sprechen, sanft und zärtlich, und sie würde ihn wieder lieben.

Jean-Claude behauptete, es gäbe gar keine zwei Seiten in ihm. Der Andere sei sein Zwillingsbruder Claude, der sich seit ihrer gemeinsamen Kindheit stets in sein Leben zu drängen suche und alles kaputt mache, was er, Jean, sich je aufgebaut habe. Wir werden ja sehen.

Anne schlägt die Decke zurück und steckt die Füsse in die vor dem Bett bereitgestellten Pantoffeln. Sie schlüpft in den Morgenrock, der hinter der Tür hängt und geht in die Küche. Ihr Blick fällt auf den Zeitungsstapel. Montag - Zeitungssammlung, denkt sie mechanisch und macht sich daran, den Stapel zu bündeln.

Alles soll so ablaufen wie immer, überwindet sie ihre innere Stimme, die sie dazu verführen will, den Stapel Stapel sein zu lassen und für einmal die Zeitungen nicht zu bündeln und nicht an den Strassenrand zu stellen. Sie zwingt sich, die Schnur um das Bündel zu wickeln.

Sie setzt Kaffee auf. Schon sieben Uhr zwanzig, um acht Uhr dreissig spätestens muss sie im Büro sein. Sie kommt nie später, es würde auffallen, und genau das will sie nicht.

Es gab schon ein paar Kolleginnen, auch Kollegen, die bemerkt hatten, dass es ihr in letzter Zeit nicht besonders gut gegangen war. Sie hatte stets abgewinkt. „Danke, nein, ich schlafe gut, der Stress, weisst du, klar, ich arbeite viel." Dabei war alles nur wegen Jean-Claude.

Sie hatte ihn vor ein paar Monaten erst kennen gelernt. Sie sass an der Bar im Belcafé, dort sei der Espresso besonders gut, hatte eine Zeitung einmal behauptet. Wieso nicht ausprobieren, hatte sie gedacht, und ging deshalb öfters dorthin.

Das Café liegt auch günstig, genau am Bellevue, mitten auf der Traminsel. Vor Jahren, zu Zeiten der Jugendbewegung, hat sich dort Silvia verbrannt. Wer das wohl noch weiss? Die Obdachlosen wärmten sich damals im Rondell auf, bevor es ein Café gab. Jetzt sitzen sie draussen und frieren im Winter. Geld für einen Kaffee haben sie keines, sie brauchen es wohl für Alkohol, der wärmt länger.

Anne sass also dort, als Jean-Claude auf sie zukam und fragte, ob er neben sie sitzen dürfe. Er durfte. Bald fragte er sie schon nach ihrem Namen, ihrem Alter, ihren Wohnort, ihrer Familie. Er war sehr aufdringlich gewesen, von Anfang an, dachte sie jetzt, und sie hatte sich nicht distanzieren können, von Anfang an nicht.

Sie wusste heute noch nicht, wie es kam, dass er in der gleichen Nacht noch in ihrem Bett lag. Dabei war sie noch Jungfrau gewesen, hatte lange auf den Richtigen gewartet, hatte Beziehungen ohne Geschlechtsverkehr gehabt, aber mit ihm gleich in der ersten Nacht, und dass er der Richtige war, bezweifelte sie.

Vielleicht weil sie schon zu lange gewartet hatte oder weil sie nicht mehr an den Richtigen glaubte oder weil er so insistent gewesen war. Sie hatte „nein!" gesagt, aber er hatte weiter gebeten, weiter gedrängt, zu ihr nach Hause kommen zu dürfen. Nein! Aber zuletzt war er geblieben.

Von Anfang an war alles falsch gelaufen. Von Anfang an hatte sie gegen ihre Überzeugung gehandelt. Warum nur?

Daran wollte sie jetzt nicht denken, sie müsste mit ihrer Therapeutin darüber reden, nahm sie sich vor.

Sie müssen Grenzen setzen, hatte ihr diese gesagt. Doch wie hätte sie Claude bremsen sollen, abwehren, wegweisen? Er würde nie gehen, nicht freiwillig.

Aber jetzt ist Schluss, denkt sie entschlossen, heute ist der Tag meiner Befreiung.

Kaffee trinken, anziehen, schminken, Haare bürsten, Anrufbeantworter einschalten, Zeitungsbündel hinunter tragen. Ein Blick in die Handtasche: Geld, Kreditkarte, Bancomatkarte, Handy.

Jean-Claude hatte ein SMS geschickt: „Konnte dich nicht erreichen. Um 18:00 Uhr am See?" Am See, um sechs Uhr ist zu früh, um sieben ist besser. Dann hätte sie in der Mittagspause genug Zeit, um das Heroin zu besorgen und dann nach der Arbeit direkt an den See zu gehen.

Die Spritze braucht sie noch, die hat sie schon lange aufbewahrt. Anne legt sie entschlossen in die Handtasche und macht sich herzklopfend auf den Weg zur Tramhaltestelle.

Sie fühlt den Puls an ihrem Hals. Jetzt wird es Realität, jetzt will sie nicht mehr zurück. Endlich befreie ich mich, denkt sie, endlich. Heute ist der Tag meines neuen Lebens.

Sie versucht nicht zu rennen, bremst ihre Schritte, grüsst die Passanten, wenn sie gegrüsst wird.

Im Tram sitzen alle stumm wie immer. Kein Gespräch, kein Gelächter, keine Stimmen. Zürich morgens um halb acht. Müde Gesichter, Köpfe verschanzen sich hinter Zeitungen, elegant gekleidete Frauen und Männer, Bänkler. Ihr sieht man es auch an: Sie hat das übliche Deux-Pièce an, flaschengrün und die neuen Schuhe mit breitem Absatz. Mit hohen dünnen Absätzen kann sie kaum gehen, wie eine Giraffe stolziere sie herum, hatte sich Claude einmal abfällig geäussert.

Sie hält die Handtasche fester, das Tram wird immer voller. Eng gedrängt stehen sie aneinander gedrückt, die gut gekleideten bekrawatteten, behemdeten Männer, die geschminkten, zurechtgemachten, gestylten Frauen. Kinder hat es keine mehr bis zum Paradeplatz. Hausfrauen noch nicht, zu früh. Für die Alten auch. Ältere, denkt Anne, Ältere heisst es politisch korrekt.

Sie verscheucht die unnützen Gedanken. Warum schweife ich ab, wie kann ich jetzt solche Dinge denken, wo ich doch einen Menschen ermorden will. Ermorden. Es klingt gar nicht schlimm, das Wort, es klingt normal, man hört es alle Tage, die meisten Filme handeln davon. Wie viele Filme ohne Leiche gab es denn? Wie viele Romane ohne Tote?

Paradeplatz, fast hätte sie die Haltestelle verpasst, so versunken war sie in ihren Gedanken. Die Menschenmenge wälzt sich aus den Türen, zwängt sich an einer Warteschlange vorbei, alles Augen, die sie anstarren, wohl eher auf ihren Sitzplatz erpicht als auf ihre Person konzentriert, doch ihr ist, als besässen die anderen Röntgenblicke und sähen alle die Spritze in ihrer Handtasche und wunderten sich, was die wohl da drin suche.

Die Leute drängen sich an ihr vorbei und schon steht sie draussen. Sie lässt sich mitziehen von den Männern und Frauen, die wie sie zur Arbeit müssen. Ob man es ihr ansieht, was sie plant? Was denken wohl die anderen? Alles Masken, alle verbergen etwas. Ob wohl auch andere Mordabsichten mit sich herumtragen?

Nichts kann man erkennen, nichts kann man wissen. Zum Glück auch, denkt Anne und ein Hochgefühl stellt sich ein. Heute ist der beste Tag meines Lebens oder vielmehr meines bisherigen Lebens, denn das heutige Datum werde ich lebenslang als den Tag meiner Erlösung feiern, aber jetzt nicht abschweifen. Sie sieht schon die Eingangstür ihrer Bank.

Ob es eine Möglichkeit gebe an das grosse Geld zu kommen, das müsste doch möglich sein, meinte Jean-Claude.

„Du sitzest doch an der Quelle, du lügst doch, wenn du sagst, du wüsstest nicht, wie Geld unterschlagen, wie Konti transferieren, wie Zugänge zu Tresoren zu verschaffen, wo die Goldbarren liegen. Tonnenweise. Das hat man doch gehört. Das Auschwitzgold, das Nazigold, das Holocaustgold."

Jean-Claude war Franzose, das war ihm wichtig. „Unsere Sprache ist süsser, melodiöser, weicher als eure grobe harte Bauernsprache. Das ist gar keine Sprache, das ist eine Halskrankheit." Der Witz war alt und Anne lächelte nur aus Höflichkeit, denn sie kannten sich erst wenige Wochen und schon begann er seine schwarze Seite zu zeigen.

Ein andermal behauptete er plötzlich, Schweizerdeutsch sei urwüchsig, ursprünglich, echt vom Herzen aus geredet, ohne Floskeln und Schnörkel der Schriftsprache. Wenn sie ihn darauf hinwies, dass er kürzlich ganz anders geredet habe, wehrte er ab.

„Es ist ein Zeichen von Offenheit, wenn man seine Meinung ändert. Der Mensch befindet sich in ständiger Wandlung und in einem steten Wachstum. Es wäre Unsinn, an einer einzigen Meinung zu haften." Das hatte ihr eingeleuchtet, war ihr sogar sehr abgeklärt und wirklich reif erschienen.

Und doch, vielleicht war es der Ton, vielleicht der Blick, vielleicht die Gestik oder Mimik, es blieb ein Unbehagen. Ein ungreifbares Etwas, das nicht richtig schien. Etwas war um ihn, das falsch klang, falsch war.

Anne geht schneller, sie nähert sich ihrem Büro, das durch eine Drehtür zu erreichen ist. Die Drehtür einer wichtigen Bank in Zürich, wo auch Drogengeld rein gewaschen wurde, wie ihr Jean-Claude vorhielt, das wisse doch jeder.

Man redet viel, was weiss man schon. Ihr war es im Grunde genommen egal. Der Job war mühelos zu bewältigen und sie bezahlten gut: Dreizehnter Monatslohn, Gratifikation, vier bezahlte Wochen Ferien.

Jean-Claude hatte ihr vorgeworfen angepasst zu sein, zu angepasst. „Alle Träume hast du begraben, alle Ideale. Du bist resigniert und bieder."

Jetzt geht es durch die Drehtür, Portier grüssen, freundlich, nicht allzu freundlich, sonst fällt ihm womöglich auf, dass sie anders ist als sonst, fröhlicher, gelassener, aber doch etwas angespannt. Jetzt ist keine Zeit mehr zum Abschweifen. Achtung, der Portier.

„Guten Tag Herr Mühlebach", freundlich bleiben, lächeln, sie lächelte sonst immer, das durfte heute nicht auffallen, heute schon gar nicht. „Wie geht's? Ja, das tut mir aber Leid, wirklich Leid, der Rücken, so, nicht geschlafen, eine neue Matratze vielleicht?", höflich bleiben, aber eine eilfertige Miene aufsetzen „Ja leider, so spät , muss mich beeilen, gute Besserung", in den Lift, fünfter Stock, „Guten Morgen allerseits", Mantel ausziehen, dann hinter den Schreibtisch, endlich hinter dem Computer vergraben, schnell noch ein SMS gesandt, an ihn, Jean-Claude, treffen wir uns heute lieber um 19:00, „wenn es geht" eingeflochten, damit es nicht so aussieht, als hätte sie die Idee gehabt, als sei der Zeitpunkt von Bedeutung.

Dann den Geschäftsbrief aufgesetzt für den Herrn Direktor, den Brief, den er gestern schon gewollt, der Chef wird zufrieden sein, ist er auch, unterschreibt, Hauptsache er hat nichts damit zu tun, ist schliesslich ihre Verantwortung, dafür ist sie ja auch seine Sekretärin.

Die Melodie von „Nowhere Man" erklingt, den Klingelton hat ihr Jean-Claude eingerichtet.

"Ich wünschte, ich wäre so ein Mann von nirgendwo", hatte er gesagt. „Gefällt mir das Lied, vom Mann, der aus nirgendwo kommt und nirgendwo sitzt, um Pläne für niemanden zu machen. Wenn du die Melodie hörst, wirst du immer an mich denken."

Er hatte ihr das Handy geschenkt und ihr verboten, die Nummer anderen zu geben, denn nur er wollte anrufen können. Doch einmal hatte es geklingelt, als er bei ihr war. Sie hatte ihn erschrocken angeblickt, und als sie das Handy aus der Handtasche nehmen wollte, hatte er abgewehrt.

„Lass es klingeln, das ist sicher Claude."

Da hatte sie das erste Mal Angst bekommen, denn bis jetzt hatte sie Claude stets als eine Erfindung abgetan, als eine Figur aus Jean-Claudes Fantasie, um sein schlechtes Benehmen zu rechtfertigen, eine Art Sündenbock für all das Fehlverhalten, das sie ihm vorwarf: sein seltsames Benehmen, seine unberechenbaren Launen, seine Aggressionen.

Sie hatte es für ein Spiel gehalten, einen psychologischen Trick, als er ihr Claudes Charakter erklärt hatte.

„Claude ist all das, was ich nicht bin", hatte er gesagt und ihr seine Fehler aufgezählt. Sie hatte gelächelt und mitgemacht. Sie war froh, dass er seine Fehler überhaupt eingestand, auch wenn er dafür eine Figur erfinden musste.

Es klingelt weiter. Sie nimmt ab, obwohl sie keine Privatgespräche im Büro führen mag, so rein aus Prinzip, ihre Freunde und Verwandte wissen das, aber er hatte gesagt, er halte es nicht aus, wenn er sie nicht zu jeder Zeit, zu jeder Stunde, zu jeder Minute erreichen könne. Deshalb hatte er ihr auch das Handy geschenkt.

„Hallo, hast du meine Nachricht bekommen? Also heute Abend um sieben Uhr am Bellevue. Bis dann."

Um sieben Uhr. Dann konnten sie vielleicht ein Boot mieten, hinausfahren auf den See, und er konnte ihn sich setzen, den Goldenen Schuss, oder einfach genug, dass sie ihn ohne Widerstände seinerseits aus dem Boot stossen konnte, schwimmen konnte er zwar, aber stockverladen käme er bestimmt nicht ans Ufer. Claude nicht.

Dabei waren sie einmal glücklich gewesen: Die Waldspaziergänge, die warme Erde unter ihren Füssen, die würzige Luft, das Rauschen der Bäume, der Wind, der zu ihnen zu sprechen schien. Sie hatten sich im Unterholz geliebt, hatten Stunden lang dort gelegen, sie mit dem Ohr auf seinem Herzen, das regelmässig schlug, als sei es der Pulsschlag der Erde. Rhythmisches Schlagen der Zeit. Sie hatten über das Universum philosophiert, wann es wohl begonnen hatte, wann es wohl zu Ende sein würde. Der Urknall zuerst, und waren sich einig gewesen, dass es mit einem weiteren Knall zu Ende gehen würde, aber davor und danach, da konnten sie sich nicht finden, da konnten sie gar nichts denken, es wiederholt sich alles für immer und immer, sagte er, damit konnte sie nichts anfangen. In Gedanken an das Nichts wurde alles leer in ihr, diese Leere, meinte sie, ist erschreckend und befreiend. Ganz nah waren sie sich gewesen. Er hatte mit ihren Haaren gespielt.

Bis er eines Tages schwer atmend vor ihrer Tür gestanden hatte und sie ihn kaum erkannt hatte. Er hatte sie gleich angegriffen:

„Wieso lässt du mich nicht herein, ich warte schon lange." So aggressiv, fast bösartig, hatte sie ihn nicht gekannt. Sie hatte ihn herein gelassen, gelähmt. Er hatte viel Lärm gemacht, sich nicht einmal die Schuhe ausgezogen und als sie ihn darauf aufmerksam gemacht hatte, hatte er sie angefahren, sie sei pingelig und altmodisch.

Sie hatte ihm mit fahrigen Händen, nervös und angespannt einen Tee gemacht, fast Angst gehabt vor ihm. Sie hatte es ihm dann auch gesagt. Er war zusammengezuckt, hatte etwas vor sich hin gemurmelt, ich muss mal ins Bad oder so, war dann lange dort geblieben. Sie hatte Zigaretten geraucht, ohne sie zu geniessen.

Etwas Unbestimmtes war es gewesen, dass sie so verstört hatte, als ob er ein Anderer wäre und doch, so eine seltsame Stimmung um ihn, als hätte sie keinen Zugang zu ihm, so hatte sie ihn nie gesehen, nicht gekannt, als wäre es nicht er.

Als er vom Bad zurückkam lächelte er, trat auf sie zu, nahm sie in den Arm und küsste sie. Sie erinnerte sich genau, wie die Erleichterung sie überrollte, ja, das war er, den kannte sie.

„Was war vorhin?", hatte sie gefragt.

„Was meinst du?", hatte er gefragt und bevor sie Zeit hatte, ihre Verunsicherung in Worte zu fassen, verschloss er ihr den Mund mit seinen Küssen, sanft, zärtlich, lächelnd, genau so, wie sie ihn liebte. Geliebt hatte.

„Das war Claude", hatte er ihr auf ihr Drängen hin erklärt, „aber frag nicht weiter, du glaubst mir doch nicht", auf ihr ungläubiges Kopfschütteln hin.

Heute werde ich es erfahren, ob es wahr ist, das mit dem Zwillingsbruder, einen bringe ich um, murmelte sie vor sich hin, so kann ich sowieso nicht weiterleben.

„He, mit wem redest du da?" Kai feixt wieder, dieser schmierige Kerl, den konnte sie noch nie ausstehen, war aber bis jetzt immer nett zu ihm gewesen. Nicht gerade heute mein wahres Gesicht zeigen, dachte sie, lachen, er ist es gewöhnt, dass du zu seinen dummen Sprüchen lächelst.

„Mit dir, hast du's nicht gemerkt?" Anne streicht sich eine Strähne aus dem Gesicht, zwingt sich zu einem leichten Tonfall, schaut kurz zu Kai, der sie misstrauisch anblickt, oder bilde ich mir das ein, denkt sie, sie bückt sich über die Arbeit, will sich abwenden, spürt seinen Blick auf ihr, ein paar Male durchatmen, dann zurücklehnen, Hände weg von der Tastatur, Kontakt zu Kai suchen, sonst erinnert er sich morgen daran, dass ich angespannt war.

„Langweiliger Brief", zwingt sie sich zu sagen, „und du, wie war dein Spiel gestern?" Kai entspannt sich, schiebt die Brille hoch, sie rutscht ständig, ekelhaft, Anne versucht ihr Mienenspiel unter Kontrolle zu haben. Endlich hat er fertig erzählt, wer gewonnen hat, keine Ahnung, dieses Gespräch habe ich überstanden, er wird sich erinnern, dass ich wie immer war. Sie dreht sich zum Bildschirm und schreibt fertig.

So geht es den ganzen Vormittag. Im Kopf das ständige Hämmern, die Erinnerungen, die sich vor die Buchstaben auf dem Bildschirm schieben, zwischen die Zeilen geraten.

Wann hatte sie es das erste Mal gemerkt, dass er anders war, dass irgendetwas nicht so war, wie sie es sich gewohnt war? ‚Ich beziehe mich auf das Telefongespräch mit Herrn Direktor soundso', mein Gott, wie sie es hasste, immer die gleichen Floskeln für die gleichen Männer, die sich dumm und dämlich verdienten, dabei gab es ganz andere Dinge, die von Bedeutung waren und sie musste Briefe an irgendwelche Multimillionäre schreiben, deren einziges Problem war, dass ihre Aktienkurse um ein Weniges stiegen oder fielen, und sie schrieb diese schleimigen Briefe, weil sie ja keine Kunden verlieren wollten, wir sind ja in Zürich, der reichsten Stadt der Welt, nicht immer und nicht überall, das wechselt immer wieder, je nach Statistik, Vancouver war mal vorne, dann Tokio, dafür stehen wir mit der Jugendselbstmordquote auch nicht schlecht. Warum bringen sich die Jungen in der reichsten Stadt der Welt um? Ist das nicht fast dumm zu nennen?

Mit Jean konnte sie über solche Dinge reden, der wusste jeweils auch Antworten. „Sehr geehrter Herr....., die Buchstaben flimmerten vor ihren Augen. Heroin, wie viel kostete das wieder? Er hatte es ihr gesagt: „Für zehn Franken, hatte er gesagt, für zehn Franken hast du mich, wie du mich haben willst."

Mit der Zeit hatte sie das gemerkt, dass er lieber war, sanfter, sich selber, wollte sie sagen, wenn er high war, aber wehe, er hatte keinen Stoff mehr, dann wurde er zum Tier.

„Ich würde dich töten, um zu meinem Kick zu kommen", hatte er einmal gestanden und sie wusste inzwischen, dass er nicht nur so daher redete. „Wenn ich auf Entzug komme, werde ich unberechenbar, dann bin ich nicht mehr zurechnungsfähig, dann musst du vor mir fliehen."

Sie hatte es nicht immer geschafft, hatte auf seine Liebe gehofft. Er hatte sie geschlagen, damit sie ihm Geld gab. Das hätte sie nie geglaubt, dass ein Mann sie je schlagen könnte und sie bei ihm bliebe. Sie wusste nicht warum, wollte es auch nicht mehr wissen, wollte nur noch, dass dieser Mann ebenfalls gehen musste. Deshalb würde sie ihm heute Heroin kaufen, soviel er wollte, genug für den Goldenen Schuss, den ewigen Schluss. Dann könnte man allenfalls weitersehen.

Anne sieht nicht mehr auf die Uhr, sie spricht mit den Kollegen, den Kolleginnen, telefoniert, schreibt Briefe ohne zu denken, automatisch, funktionstüchtig, lächelnd, freundlich, in ihrer Rolle lebend, ohne daran denken zu wollen, dass sie zur Mörderin werden würde.

Die Gedanken schieben sich ein, aber sie zwingt sie zurück, später würde es wieder hochkommen, das weiss sie, das weiss sie genau, dann würde sie damit umgehen, jetzt nicht, jetzt musste sie ihren Plan umsetzen, frei werden, frei sein, ohne ihn, ohne den Harten, Wahnsinnigen, den Verrückten, den Gefährlichen, Angst einflössenden, den Anderen.

Endlich ist Mittag. Ihr Herz klopft. Handtasche einpacken, Geld nicht vergessen, schnell machen, bevor mich jemand auffordert, mit ihm essen zu gehen, Computer ausschalten, rausgehen.

Draussen schlägt die Hitze über ihr zusammen wie eine Riesenwelle. Die Klimaanlage hatte sie abgeschottet, sie in einer anderen Temperatur gehalten, der Temperatur, wo man nicht fühlt, ob es Winter oder Sommer, Frühling oder Herbst ist. Und das Licht, das künstliche Licht, das immer gleich auf sie strahlt, ob es nun Morgen oder Abend ist, regnet oder die Sonne scheint. Sie fingert nervös in ihrer Handtasche nach ihrer Sonnenbrille.

Zuviel Licht, denkt sie, zuviel Licht. Das Wetter ist so unberechenbar, das konnte sie nicht brauchen. Wenigstens würden viele Leute auf der Strasse sein, das ist gut so. Zürich wird mediterran, wenn die Sonne scheint. Sie schlüpfen alle aus ihren Löchern, wie Kröten im Sumpf, denkt sie, oder Regenwürmer bei Regen, wie die Insekten, alle raus mit Sonnenbrillen und gleich in Sommerkleider; es wird sofort bunt auf Zürichs Strassen, weil alle immer auf den ersten Sonnenstrahl warten, weil es wenig genug gibt in dieser Stadt, sie sind alle heisshungrig nach Sonne, gleich das Kleidchen angezogen, das schon lange darauf wartete getragen zu werden.

Viel zu warm angezogen habe ich mich, denkt Anne und wischt sich Schweissperlen von der Stirn. Ich habe nicht einmal ein T-Shirt unter der Bluse, damit ich sie ausziehen könnte, dann schwitze ich wieder und rieche, ich hasse es, wenn ich nach Schweiss rieche, die Haare unter den Achseln hätte ich auch entfernen sollen, solche Gedanken machte sie sich während sie auf die Nummer 13 am Paradeplatz wartete, die sie zum Limmatplatz fahren soll.

Sie steigt ein, beim Limmatplatz aus. Mit raschen Schritten in die Langstrasse einbiegen. Mittagspause, so viele Menschen auf der Strasse, aus allen Teilen der Welt, so viele Nationalitäten. Als ich Kind war, waren es vor allem Italiener, denkt sie, und jetzt von überall. Sie weiss nicht, ob sie das stört oder freut. Sie sucht den Blickkontakt mit den ihr entgegenkommenden Menschen, zu schwarze Augen mochte sie nicht, darin konnte sie schlecht lesen, ungewohnt, unberechenbar. Blaue Augen waren solid, denkt sie, lieber ein Zürcher Dealer, da weiss ich wenigstens, woran ich bin, das sind meistens selber Junkies und wollen mich nicht reinlegen. Am meisten hasse ich die, die sich an der Drogensucht nur bereichern wollen, die, die selber clean sind, die hasse ich, von denen kaufe ich nichts.

Zwei, drei sprechen sie an: „Wottschescoci?" Sie erwiderte nichts, dann in der Unterführung ein Junger: „Wottschstoff?" Ja, sie schaut ihn direkt an, er ist verwundert, dann misstrauisch

„Zeig mir das Geld!", sie zeigt es ihm.

„Wie viel?"

„Zwei Gramm", richtig viel, denkt sie, richtig viel, damit er sich soviel wie möglich in die Venen schiesst und dann Schluss mit dieser Qual, mit dieser Pein, die jetzt schon soviele Wochen dauert, die mich kaputt macht, die mich zugrunde gehen lässt.

„Zeig mir den Stoff!" Er gibt ihr ein Tütchen, sie öffnet es, riecht daran, reibt das Pulver zwischen den Fingern. Das kenne ich, das hat er mich gelehrt, damit ich für ihn kaufen kann, wenn er einmal auf dem Aff ist und sich vor Krämpfen nicht bewegen kann. So weit liess er es nie kommen. Er war nie voll auf Entzug. Nie. Wenn er langsam drauf kam, dann verwandelte er sich, dann wurde er böse, aggressiv.

Am Blick merkte sie es, wenn sie fragte, was los sei: Bitter-böse, hasserfüllt. Daran würde sie sich nie gewöhnen.

„Du hast keine Ahnung von gar nichts", hatte er einmal gezischt, und sie war wieder erschrocken, dass er in einem solchen Tonfall mit ihr sprach. „Du mit deinem sauberen Computerjob, auf dem Stuhl sitzen, ein paar Briefe schreiben, telefonieren, was weisst du schon von wahrem Leben?" Sein Mund war ganz verzerrt, die Stimme höhnisch. Ihr Herz hatte schmerzhaft gegen die Rippen geschlagen, als hätte er sie inwendig geboxt. Es hatte ihr die Sprache verschlagen, damals, zu unangekündigt ging die Veränderung jeweils von sich, ohne Vorwarnung hatte er seine bösartige Seite gezeigt. Sie war wie erstarrt jedes Mal, auch die anderen Male, sie gefror zu Eis, es lähmte ihr die Sinne.

Er hatte es auch damals gemerkt, hatte sich kurz auf die Toilette zurückgezogen und als er nach fünf, zehn Minuten zurückkam, war er wie verwandelt. Er bat tausendmal um Entschuldigung für die harten Worte von vorhin, suchte nach Erklärungen, bat ihm zu verzeihen.

Doch sie konnte sich nicht daran gewöhnen, das ging alles immer viel zu schnell. Sie kam mit diesem Wechselbad der Gefühle nicht klar, wenn er von einer Minute auf die andere zumachte, als wäre ein innerer Laden zugefallen. Plötzlich. Von einem Moment zum anderen, scheinbar ohne äusseren Anlass. Hatte er eben erst noch gelacht und gescherzt, verhärteten sich seine Gesichtszüge, sein Blick wurde starr, seine Hände begannen zu zittern, Schweiss trat auf die Stirn. Dann bekam sie Angst.

Dieser Angst wollte sie heute ein Ende setzen, denn mit dieser ständigen Unruhe zu leben, wann er wieder dieses Maskengesicht bekäme, konnte es nicht weitergehen.

Einmal war er in einem solchen Zustand weggegangen und erst Stunden später wie ausgewechselt zurückgekommen, und als sie ihn darauf ansprach, winkte er ab, grinste, wich aus, sagte Belangloses, bis er die Geschichte des Zwillingsbruders brachte.

„Claude, ja das war wieder Claude, das alte Schwein. Claude ist Fixer, musst du wissen, er braucht einen Kick pro Tag, um so zu sein wie ich."

„Wer bist du denn?", hatte sie das erste Mal gewagt zu fragen. Er hatte sie angesehen mit diesen seinen Augen, so tief und eindringlich, dass sie es sehen konnte, wer er war, ohne es zu benennen.

„Jedenfalls nicht Claude", hatte er gesagt.

„Aber diesen Zwillingsbruder gibt es doch gar nicht", hatte sie eingeworfen.

„Natürlich gibt es ihn", erwiderte er scharf, so dass sie zusammenzuckte, „oder du willst doch nicht etwa behaupten, dass ich so bösartig zu dir sein könnte, je?" Damit hatte er sie in den Arm genommen und sie liess sich hineinfallen.

„Heroin ist das Gift, das die Macht hat, einen Menschen zu spalten. Heroin ist das Gift, das macht, dass du das Gute schlecht findest und das Böse gut. Es ist Teil jener Kraft, die das Böse schafft, niemals das Gute. Weil es Teil eines Apparats ist, von Glück und Geld und Krankheit und Gesundheit. Die Macht der Substanz über den Geist." Das waren seine Worte.

Soll es ihn doch vernichten, zerstören, zersetzen, ihn in das ewige Glück tragen, das er sich erträumt, soll er doch beweisen, dass es nur Jean gibt. Claude will ich vernichten, das süchtige Schwein. - So musste sie sich zureden, damit sie das Heroin einsteckte, das Geld übergab und schnell weg, paranoid, die Blicke auf sich. Zu elegant hatte sie sich angezogen, denkt sie. Ich hätte mich etwas neutraler kleiden sollen heute Morgen, hier falle ich auf, die können sich erinnern, dass so eine wie ich Stoff gekauft hat, sie blickt zurück, doch keine Augen sehen ihr nach.

Sie geht langsamer. Das Plastiktütchen in ihrer Tasche brennt. Helvetiaplatz. Noch kurz etwas essen, dann zurück zur Arbeit.

Im Restaurant zündet sie sich eine Zigarette an, die sie aus dem Automaten geholt hat, sie die nur selten raucht, weil sie Angst vor Krebs hat. Der Rauch schmerzt in den Lungen. Sie nippt an ihrem Tee Crème, löffelt lustlos ihre Tomatensuppe, holt dann das Handy aus der Tasche. Ein SMS von Jean-Claude:

„Warte am See auf dich, schönes Wetter, Bootsfahrt super, bringst du was mit?"

Es hatte schon lange so begonnen, dass sie ihm etwas mitgebracht hatte: Amphetamine, Kokain, Methadon, Rohypnol, was sie auftreiben konnte, bei all ihren Freunden und Freundinnen, die zahlreiche Verbindungen hatten. Hauptsache er hatte was im Blut, dann war er so, wie sie ihn haben wollte. Sanft, freundlich, verständnisvoll, liebevoll. Hörte ihr zu, streichelte sie, war zärtlich und romantisch.

Sie schüttelt ungehalten den Kopf. Kindisch war ich, denkt sie, kindisch zu denken, dass es den Märchenprinzen gibt. Ich brauchte ihn mehr als er mich, das spürte er und nutzte es aus. Wie dumm ich war. Sie sah sich genau, als hätte sie unter einer Nebeldecke gelebt und wäre jetzt plötzlich durchgestossen durch das Nebelmeer. Blind war ich, blind und dumm.

Der Rauch in ihren Lungen schmerzt, sie würde Halsschmerzen bekommen, wie immer. Sie drückt die Zigarette aus, halb geraucht, um sich gleich die nächste anzuzünden. Die Schadstoffe sind im unteren Teil. Im Nebel habe ich gelebt, unbewusst, einlullen lassen habe ich mich, von seinen sanften Worten, von den philosophischen Gesprächen, einen Mann mit Tiefgang wollte ich, nun, das hatte ich, aber nur auf Drogen war er so, nur wenn er high war, konnte er der Mensch sein, den ich wollte.

„Das siehst du falsch", hatte er auf ihre Vorwürfe erwidert, „ich bin der, den du siehst, das Gift hat mich süchtig gemacht, ich brauche es, um zu sein wer ich bin. Wenn ich auf Entzug bin, dann bin ich nicht mehr ich, dann bin ich ein Tier, ein Löwe, der sein Junges auffrisst, eine Hyäne, die sich feig über die Reste hermacht, die ihr Andere gelassen haben, damit sie nicht selber kämpfen muss. Ich bin zu schwach, um zu kämpfen, zu alt für einen Entzug, das ist mein Leben jetzt."

„Du bist krank." Irgendwann hatte sie es ihm gesagt und sie war überrascht gewesen, dass er bloss den Kopf gesenkt hatte, nicht wütend, nicht aggressiv geworden war. Gut, er hatte sich ja auch gerade einen Schuss gesetzt, da war er immer sehr verständnisvoll. Wenn die Dosis gut kalkuliert war, nicht zuviel, sonst bekam er diesen Glanz auf den Augen, der ihn entrückte, Meilen weit.

„Sicher bin ich krank und das Heroin ist meine Medizin, verstehst du?" Sie verstand, doch jetzt nicht mehr.

Ich will nicht verstehen, dass ich das aushalten muss, diese Auf und Abs, diese Stimmungsschwankungen, dieses Nachrennen dem Stoff und erst dann ist es gut. Die Angst, dass kein Stoff aufzutreiben ist, dass die Polizei kommt, dass er wiederkommt, der Blick, der böse Blick. Diese Angst war es, wovon sie sich befreien musste durch diesen Mord.

Mord. Sie rollte innerlich das r auf der Zunge. Ein schönes Wort. Ein Blick auf die Uhr. Ein Uhr vorbei, sie musste ins Büro zurück.

Im Tram steht sie. Sie würde noch vier Stunden sitzen müssen, wo sie am liebsten hin und her gerannt wäre. Sitzen, sitzen, sitzen. Die Bänke draussen sind schön. Da würde ich lieber sitzen auf all diesen Bänken da draussen.

Als sie aussteigt, setzt sie sich probehalber auf zwei Bänke am Paradeplatz, als wäre sie eine Touristin. Eine Touristin in Zürich. Sie versucht sich vorzustellen, wie sie dann die Stadt sähe. Sauber, sicher sehr sauber. Schöne Häuser, viele Blumen, Farben, üppige Läden, viele Leute, bunt, schrill, multikulti. Alle rennen irgendwohin. Arbeit haben wir genug. Und Geld auch, schnell schnell rennen sie, um es auszugeben. Das ist richtig so, das Geld muss unter die Leute, muss rollen, muss in die Wirtschaftskanäle geschleust werden, damit die Konjunktur steigt. Das hatte sie auch von Jean.

Was war eigentlich von ihr? Wo war sie in all dieser Zeit? Aufgelöst im Banne dieses Mannes. Nicht, dass sie keine Meinung hätte, nicht, dass sie nicht irgendwer wäre, nicht, dass sie nichts zu sagen hätte. Sie war gebildet, las viel, wusste viel und schüchtern war sie auch nicht. Ihr Glück durch einen Mann zu suchen, davor hütete sie sich. Und doch. Er hatte es geschafft, dass sie Tag für Tag stiller wurde. Ihre Fürsorglichkeit hatte er ausgenutzt, dass er ihr Leid tat, dass sie Angst um ihn hatte, dass sie ihn gern hatte, dass sie ihm helfen wollte, gesund zu werden.

Zu lange will sie auch nicht sitzen, will keine Zeugen haben, dass der heutige Montag anders als andere Montage ist. Sie sitzt auf einer dieser Bänke, die ein Sommer lang in Zürich aufgestellt wurden, anstelle der Kühe, anstelle der Löwen. Wenigstens kann man diese Kunst besitzen. Steht nicht so sinnlos da, um angegafft zu werden. Kunst zum Sitzen, es hatte sowieso viel zu wenige Bänke in der Stadt, am Paradeplatz und an der Bahnhofstrasse. Wenigstens kann man seinen Fastfood jetzt im Sitzen verzehren, sie sollten sie lassen die Bänke, unbedingt.

Wieder steht sie vor der Drehtür, wieder grüsst sie den Portier, freundlich wie immer, nichts ist anders. Wie lange soll ich das noch tun, denkt sie. Wie wird es morgen sein? Morgen. Alles wird anders sein. Nichts wird anders sein. Ein Mensch weniger auf der Erde. Tausende verhungern tagtäglich. Was ist schon ein Menschenleben eines Parasiten, eines Kranken, eines Süchtigen? Man würde ihr danken, wenn sie es erzählen könnte. Das wäre die Lösung, würden einige schreien. Mit ihr schreien. An die Mauer mit den Drogensüchtigen, wieso soll der Staat teure Entzugsprojekte finanzieren, die sie nicht wollen.

„Du redest Unsinn", hatte er einmal gesagt, als sie ausgerastet war und ihm diese Dinge an den Kopf geworfen hatte. „Du bist verblendet, das ist gar nicht deine eigene Meinung, noch nie hast du für eine solche Partei gestimmt, du denkst das gar nicht wirklich. Du bist bloss verzweifelt, weisst keinen Ausweg mehr. Ich bin schuld daran, das nehme ich auf mich. Meine Drogensucht, die du nicht akzeptieren kannst, die lässt dich solche unmöglichen Sachen nachplappern, du willst mich verletzen, damit ich reagiere, aber ich reagiere nicht, Anne. Ich kann auf diese Beschimpfungen nicht reagieren. Wenn du mich töten willst, dann töte mich. Aber verleugne deine eigenen Ideale nicht. Du willst nicht den Tod aller Süchtigen, du willst nur den meinen. Und meinen Tod willst du auch nicht wirklich, sondern du wünschst dir den Tod von Claude. Er soll erschossen werden, er soll nicht mehr leben, der süchtige, kranke, bösartige Bruder von mir, der uns Beiden das Leben zur Hölle macht."

„Ich wollte, es gäbe einen Bruder", hatte sie fast geschrien, „ich wollte deine Geschichte wäre wahr. Glaube mir, ich wollte, es gäbe nur Jean und den Anderen, ich schwöre dir, den Anderen würde ich töten."

„Tu es", hatte er gesagt und ihre Hände gefasst. „Töte ihn, Anne. Befreie uns von ihm."

Sie setzt sich in Gedanken versunken an ihren Platz vor dem Computer, wo bereits wieder einige neue Briefe liegen, die sie erledigen muss. Fast dankbar greift sie danach, eine Arbeit, auf die sich konzentrieren kann, ohne viel eigene Gedanken einsetzen zu müssen, nur hie und da eine Korrektur, eine Anfrage, eine kleine Änderung. Eine gute Arbeit. Gut bezahlt, anspruchslos, vielleicht langweilig. Doch seit sie Jean-Claude kannte, hätte sie nichts Anspruchsvolleres mehr gewollt - gekonnt.

„Dein Freund hat angerufen", reisst sie Kai aus ihren Überlegungen. Sie hatte das Handy ausgeschaltet über Mittag, damit er nicht anrufen würde und sie stören. Es musste ihm schlecht gehen, dass er sogar ins Büro anrief. Sie schaltete es ein. Fünf Mal hatte er es schon versucht.

„Er klang ziemlich angespannt. Habt ihr Streit oder was? Du blickst auch finster."

„Nein, nein", beeilt sie sich zu versichern. „Es ist wohl der Föhn heute." Kai nickt bestätigend.

„Ja, ja, der Föhn. Ich habe auch Kopfschmerzen." Der Föhn ist Zürichs Rettung. Man kann ihn immer vorschieben, wenn etwas nicht gut läuft, wenn man Kopfschmerzen hat oder müde ist oder angespannt oder depressiv. Der Föhn, wenn es schön Wetter ist, der Regen und Nebel natürlich bei schlechtem Wetter. Sonst gibt es noch den Vollmond. Man kann immer atmosphärische Umstände vorschieben, wenn man nicht ausgeglichen ist. Praktisch. Heute besonders.

Anne war beunruhigt. Wenn er bereits jetzt angespannt war, dann konnte er wohl nicht noch fünf Stunden warten, bis sie sich am Bootssteg trafen. Aber sie wollte auf keinen Fall, dass er sich das Zeug vorher spritzte. Sie wollte dabei sein, wollte mit ihm aufs Boot, wollte ihn überreden mehr zu drücken, bis er vollkommen verladen war, und dann würde sie ihn über Bord kippen.

Sie hatten schon oft ein Boot gemietet und einer von ihnen war schwimmend ans Ufer zurückgekehrt. Sie genoss es, weit schwimmen zu können mit einem Ziel vor Augen. Sie ging auch an jede Seeüberquerung, die fand jedoch nur einmal im Jahr statt. Deshalb hatten sie auch die Boote gemietet, damit sie schwimmen konnte, geradeaus, nicht von Boje zu Boje, Floss zu Floss. Manchmal nahmen sie Luftmatratzen mit und liessen sich treiben. Sie liebte das kühle Wasser an ihrem Körper, den Blick auf Stadt und Berge und all die Boote und Schiffe, die sich tummelten und all die Leute am Seeufer und die Musik und die Glacéverkäufer und die Strassenhändler und die Maler und die Skater und Blader und wie sie alle hiessen. Das war fast amerikanisch, das war der Traum, das war die multikulturelle Gesellschaft, das war Frieden auf Erden, das war love, peace und happiness. Das wollte sie heute zelebrieren. Um sieben Uhr wäre es so weit. Der See war warm heute, die Luft auch. Es würde wimmeln von Menschen.

Nur noch ein paar Briefe. Sie versucht, nicht an Jean-Claude zu denken. Ihr Handy klingelt. Jean klingt angespannt.

„Sieben Uhr ist zu spät", presst er heraus. Sie sieht förmlich, wie er schwitzt. Ihr Herz beginnt schneller zu schlagen. Immer übertrug sich sein Gemütszustand auf ihren. *Er* ist auf Entzug, *ihm* geht es schlecht, nicht mir, redet sie sich ein. Aber es klappt nicht. Es hatte noch nie geklappt.

Sobald es ihm nicht gut ging, begann ihr Herz zu rasen. Heute würde sie nicht nachgeben, je mehr er nach Stoff verlangte, umso mehr würde er die Kontrolle verlieren und sich viel spritzen. Sonst war er besonnen.

„Weisst du, ich brauche das Heroin als Medizin und wie mit jeder Medizin ist die Dosis wichtig, der Umgang mit dem Medikament. Zuviel kann mich umbringen, plus gewöhnt sich der Körper an immer höhere Mengen, ich will immer nur erst dann nehmen, wenn mein Körper danach verlangt." Er war gierig dieser Körper, schluckte grosse Mengen, ohne satt zu werden. Heute werde ich dich aushungern, dachte sie.

„Ich kann nicht weg, unmöglich", sagt sie. Und leise, damit Kai nichts hört, „ich habe genug für heute, nimm doch ein paar Tabletten gegen die Krämpfe, ich habe dir ein paar im Schuhschrank im schwarzen Stiefel versteckt, für den Notfall".

Jean-Claude bedankt sich hastig: „Du bist ein Engel, wie könnte ich ohne dich, also dann bis sieben Uhr", und hat schon aufgelegt.

Anne atmet einige Mal ein und aus, versucht sich zu beruhigen, zu lächeln,

„Na, habt ihr euch wieder versöhnt?" Sie nickt, legt die zitternden Hände auf die Tastatur. Sie gratuliert sich innerlich. Alles genau vorbereitet, nichts vergessen. Jetzt galt es noch bis sechs Uhr zu überleben.

Dann war es sechs Uhr. Eine drückende Hitze, feucht, klebrig. Die Klimaanlage hatte sie abgeschirmt, hermetisch. Der Schlag der natürlichen Temperatur direkt ins Gesicht, Schweiss am Körper, unter den Achseln, am Nacken. Nur nicht ins Tram hinein zu all den anderen schwitzenden Menschen.

Kein Wunder sind die heissen Länder arm. Kein Wunder sind die kalten Länder reicher. Ist ja logisch, rein naturbedingt. Wie sollte man in dieser Hitze arbeiten können, arbeiten wollen? Die wollen nur nicht, sagt man vorschnell, zu faul. Die möchte ich ja sehen, die arbeiten bei vierzig Grad im Schatten, die will ich ja sehen.

Denken, denken, denken. Mir doch eigentlich egal, wer warum nicht arbeitet oder viel.

Schritt für Schritt, immer näher komme ich der Entscheidung, endlich entscheiden, endlich befreien. Das war es, was sie immer wissen wollte, woher das Böse käme, jetzt wusste sie es, das Böse kommt vom Denken.

Doch nicht nur vom Denken, sondern von der Möglichkeit des freien Handels. Im Grunde ist es einfacher böse zu sein als gut, denkt sie. Ich könnte Jean-Claude ja auch rauswerfen, ich könnte Schluss machen mit ihm, ich könnte ihm sagen, dass ich ihn nie mehr sehen wollte. Doch das wäre der schwierigere Weg. Dann müsste sie sich mit ihm auseinandersetzen, müsste mit ihm reden, müsste ihn abweisen, immer wieder, weil er sie nämlich nicht einfach so losliesse. Sie müsste ihn sehen und das Dumme dabei war, sie würde ihn immer noch lieben, trotz allem, trotz all den Schmerzen, die er ihr zufügte, die er ihr zugefügt hatte.

Sie liebte ihn. Das war die Wahrheit, das war der Grund ihres Leidens. Sie liebte einen Heroinsüchtigen, einen Drogenkranken, einen Süchtigen, der nur an seinen Stoff denkt, wenn er keinen hat, für den sie in solchen Momenten nichts als eine Schachfigur war, die er herum schob, bis es ihm wieder gut ging, bis er wieder drauf war, das war sein Lebensziel. Sein Hauptlebensziel. Und manchmal, wenn er eben wieder gut drauf war, dann war auch Platz für sie, für ihre Gefühle, für ihre Wünsche, ihr Sein, ihr Wesen. Erst dann. Höchstens.

Ich sehe in ihm stets das Gute, denkt sie. Ich weiss, er ist ein sensibler Mensch, feinfühlig, speziell. Auf keinen Fall Durchschnitt. Eben nicht. Einen Durchschnittlichen wollte sie nie, das hatte sie nun davon.

Da vorne, der Schiffssteg. Der See so blau, die Berge so nah, die Schiffe so weiss, die Schwäne, die Fahnen wehen im Wind, Postkartenidylle live. Es ist alles echt. Die Leute sehen gut aus. Diese Stadt ist im Sommer tatsächlich blau-weiss. Kaum zu glauben.

Dort hinten steht er. Sein Blick. Das war immer das Ers-te, worauf sie schaute: Der Blick. Sie erkannte seinen Zu-stand sofort. Es brauchte nur einen Bruchteil einer Sekunde und sie wusste es. Er war auf dem Aff. Das ist der Anfang der Katastrophe. Ich bin froh darum, damit habe ich speku-liert. Ich hätte niemals Jean töten können. Nein, ihn nicht, denn ihn, den liebe ich.

Er hat bestimmt einen Zwilling, er hat nicht gelogen. Jean ist Claudes eineiiger Zwilling, der nicht süchtig ist, deshalb auch nie aggressiv, den würde ich heiraten. Heute noch. Den Anderen wollen wir beseitigen für immer.

Wenn Jean das überlebt, dann ist alles gut. Dann gibt es sogar noch ein Happyend. Nichts ist unmöglich. Küsschen, Küsschen, Küsschen. Sie wollen beide die Form waren.

„Wo ist der Stoff?" zischt er.

„Doch nicht hier", sagt Anne, „doch nicht hier" und zieht ihn zum Bootsverleih. Er strauchelt, lässt sich ziehen, wird weich, wird bald noch weinerlich. Das passiert immer, wenn er sich in ihren Händen weiss und sie etwas für ihn hat. Wenn er nichts hat, könnte er sie töten für Geld, aber sie hatte es nie darauf ankommen lassen und hatte ihm immer gegeben, wenn sie hatte.

Jetzt ist er Butter in ihren Händen und folgt ihr wie ein Hündchen. Seine Hände zittern, sie sprechen nicht. Sie mieten ein Boot für eine Stunde, Anne packt seine Luftmat-ratze aus, bläst sie auf.

„Ich komme alleine zurück", sagt sie dem Bootsvermie-ter, „mein Freund wird an Land schwimmen." Er solle auf die Schiffe aufpassen, meint der Bootsvermieter, habe ich gewusst, dass er das sagen wird, dachte sie, er wird sich erinnern, denkt sie.

Jean-Claude laufen die Schweissperlen übers Gesicht. Wie gut, dass es brütend heiss ist.

„Heiss heute, was?", lacht der Vermieter, Jean-Claude lächelt nicht. Anne bemüht sich etwas zu murmeln, ist dankbar um die Luftmatratze, die sie aufblasen muss, sie bläst und bläst und bläst und Jean-Claude schaut nur zu. Sie sagt nicht, er solle ihr helfen, das macht alles nur noch schlimmer. Dann ist sie endlich prall.

Sie bindet sie hinten an und sie rudern los. Anne rudert, Jean-Claude ist zu schwach.

„Passen Sie auf, ihr Freund sieht gar nicht gut aus, es hat schon Manchen mitgenommen in dieser Hitze."

„Danke", murmelt sie und Jean-Claude blickt nur vor sich hin, er wartet nur noch auf den nächsten Schuss. Sein ganzes Sein richtet sich nur noch auf den nächsten Einstich. Wenn es diesen nicht mehr gäbe für ihn, dann gäbe es gar nichts mehr. Dann wäre sein Leben wertlos.

„Nur noch diesen einen Schuss", flüstert er. „Nur noch dieses eine Mal, dann höre ich auf mit dem Scheiss."

Sie hatte es geglaubt - am Anfang noch - da wollte sie alles glauben, wollte ihm helfen, wollte ihm helfen, der zu sein, der sie glaubte, dass er sei. Das wusste sie inzwischen selbst nicht mehr. Und er ebenfalls nicht.

Jetzt sind sie ziemlich weit draussen, einige Boote segeln an ihnen vorbei, aber alle weit genug entfernt, um nicht zu erkennen, was bei ihnen abläuft. Anne zieht ihre Kleider aus und steht im Bikini da. Jean Claude zieht sich das T-Shirt über den Kopf. Dann geht alles schnell: Spritze vorbereiten, Stoff heizen, aufziehen, Schuss.

Die Sonne steht tief, ein angenehmer Wind ist aufgekommen, die Wellen kräuseln. Der Üetliberg ist grün bewaldet, dahinter geht die Sonne bald unter. Es ist Zeit zurückzurudern. Die Stunde ist abgelaufen. Das Plätschern der Ruder beruhigt Annes Nerven.

Die Luftmatratze mit Jean-Claude drauf ist zuerst etwas abgedriftet, sie hat sie lange beobachtet, wie sie in den Wellen schaukelte, er lag drauf und schlief. Schlafen ist vielleicht falsch, er lag zugedröhnt drauf, vollgeladen zugedröhnt. Der Goldene Schuss. Ein schöner Tod. Ein gutes Ende. Ihm schenkte es das Paradies. Ihr die Freiheit.

Er sah glücklich aus, als ihm die Droge den Blick verschleierte. Seine angespannten Gesichtszüge waren weich, sie strich ihm durch die Haare, als er seinen Kopf in ihren Schoss legte. Ein sanfter Tod.

Sie lässt ihren Blick weiterwandern über all die Schiffchen und Schiffe, die Bojen, die Schwimmer, die Möven, die Enten, die Schwäne und über die Seeufer der Goldküste, so schön, so schöne Häuser dort, so grüne Hügel.

Als sie mit den Augen die Luftmatratze suchte, fand sie sie leer. Das ist die Leere, von der Buddha sprach. Die volle Leere. Sie geniesst die Stille, die Leere, die Ruhe, die Freiheit.

Nachdem sie das Boot zurückgebracht hat, springt sie in den See und schwimmt so weit sie sich vorwagt und wieder zurück. Erst am Abend erstattet sie Vermisstanzeige.

Anne geht in die Seerose essen, einen Tisch hat sie dort bereits reserviert. Dort geht sie immer hin, wenn sie einen Grund zum Feiern hat. Sie nimmt das Schiff bis zum Hafen.

Als sie ins Restaurant kommt und ihren Namen nennt, führt sie der Kellner lächelnd zum Tisch und meint: „Sie werden erwartet.“

Ihr Herz schlägt an die Rippen, am Tisch sitzt Jean. Er steht auf und kommt strahlend auf sie zu. Sein Lächeln hatte sie immer geliebt. Er küsst ihr die Hand, nimmt ihr die Tasche ab, schiebt ihr den Stuhl zurecht. Die Höflichkeit pur. Jean, wie sie ihn immer geliebt hat.

Sie sitzen sich gegenüber, ihr Herz klopft laut, zwei Cocktails stehen vor ihnen.

„Komm, lass uns anstossen: Auf Claudes Tod." Sie spricht nicht. „Endlich hast du's getan. Ich hatte darauf gewartet. Der Schock seines Todes war heilsam, glaube mir. Niemals mehr wird Claude zwischen uns stehen. Er wird niemals mehr auftauchen und du wirst immer nur mit Jean zu tun haben, das kann ich dir garantieren".

Der Abend war lau, Musik spielte, das Essen war ganz vorzüglich. Sie tranken Wein und stiessen auf ein neues Leben an.

Am nächsten Tag fand man die Luftmatratze. Die Leiche wurde erst Wochen später ans Ufer getrieben.

Der Sprung

Es war kühl so früh am Morgen, und Philippe fröstelte in seiner Badehose. Das Wasser rauschte schillernd unter ihm. Er hörte die Strömung, blickte ihr nach, in diese Richtung würde es ihn treiben. Dort vorne würde der Fluss in den tiefglänzenden baumumrandeten klaren See münden, und dort links konnte er ans Ufer schwimmen.

Er hatte seine Sachen bereits dorthin gelegt: Badetuch, Kleider, Hausschlüssel, Brieftasche. Ein paar Zeilen darin, für alle Fälle. Wenn ein unvorhergesehener Windstoss käme und er im falschen Winkel, mit dem Rücken zuerst oder mit dem Kopf oder seitlich... Oder für den Fall, dass ihn die Flussgötter am Grund erwarteten und nicht mehr freigeben wollten. Er lächelte bei diesem Gedanken und rieb sich die Arme, um sich etwas aufzuwärmen.

Sein Blick fiel auf die Bäume entlang des Ufers, dahinter die Berge, und beide spiegeln sich im See ihre Schönheit verdoppelnd. Der Sprung würde ein paar Sekunden dauern.

Philippe hatte Zweige hinab geworfen, Blätter, Steine - und ihren Flug beobachtet. Je schwerer, umso schneller. Aber es würde ihm viel länger erscheinen. Die Zeit bliebe stehen und die Welt würde sogar für ein paar Sekunden ganz aufhören sich zu drehen. Der Atem stünde still, das Herz, die Gedanken.

Er kannte das Gefühl - Sprung! Dann eine ungeheure Ausdehnung, als würde der Kern seines Ichs gesprengt und in tausend atomaren Teilchen durch seinen Körper gejagt. Ein Adrenalinschub, meinten die einen, der ein Glücksgefühl auslöste, das er nur in diesem Augenblick fühlte, wenn er als rasender Pfeil in vollkommener Aufhebung der für die

Menschen geltenden Gesetze durch die Luft flog. Die Schwerelosigkeit, sagten andere, löst dieses Gefühl aus. Freiheit, nannte er es. Freiheit von den Gesetzen des Menschen, Freiheit vor sich selbst.

Philippe hüpfte ein bisschen auf und ab und schwang die Arme. Der Wind hatte sich beruhigt, kein Hauch zu spüren. Am Horizont hellte es auf. In weniger als zehn Minuten würde der erste Zug vorbeirattern. Hintern den Bäumen hörte er ab und zu das Brausen eines Autos, als käme es aus einer anderen Welt.

Was könnte ein Mensch, der zur Arbeit fährt, mit ihm gemeinsam haben, hatte er stets gedacht, als er hier stand, Tag für Tag, um sich an die Höhe zu gewöhnen, an die Umgebung, um den Wind zu prüfen, der selten still stand. Er hatte sich für einen Sonntag entschieden. Der Tag schien ihm angemessen und feierlich genug für sein Vorhaben.

Er wippte in den Knien und legte seine gestreckten Arme probehalber an den Kopf und beugte sich leicht vornüber. Das Rauschen des Flusses unter ihm schwoll an, als würde das Wasser ihn rufen.

Begonnen hatte es mit Fallschirmspringen. Sie waren eine Gruppe von Freunden gewesen, die übers Wochenende in die Berge gefahren waren. Maurice hatte ihn gefragt, ob er mit ihm springen wolle, er sei ausgebildet, habe es ein paar Mal schon gemacht zu zweit. Aus einer Laune heraus hatte er zugesagt, ohne nachzudenken, ohne sich vorzubereiten, ohne die Konsequenzen zu überdenken. Ja, hatte er geantwortet und ein paar Stunden später waren sie aus dem Flugzeug gesprungen - geworfen worden, wie es ihm schien. Sie fielen in die Leere und er erfuhr wenige Sekunden absoluter Schwerelosigkeit. Der Moment vor dem Sprung und der Sprung selbst hatten unbekannte Gefühle in ihm an die Oberfläche geschleudert, als hätten sie sich seit Jahren schon gestaut, um auf einen Schlag Befreiung zu erfahren. Als sie am Fallschirm hingen und flogen, genoss er nicht so sehr das Schweben und Gleiten in der Luft, als das Nachbeben der ausgelösten Emotionen davor. Diesen Gefühlsschub wollte er wieder.

Als er das erste Mal alleine sprang, war er enttäuscht. Der Sprung selbst war intensiv gewesen, wie er erhofft hatte. Doch das Gefühl des Freifalls dauerte nur kurz, weil die Verbindungsleine zum Flugzeug den Schirm automatisch öffnete, bevor er in der Freiheit und der Leere aufgehen konnte. Die Abhängigkeit von Flugzeug und Menschen hatte ihn beengt und er hatte das Fallschirmspringen bald aufgegeben.

Von Basejumping erfuhr er durch die Zeitung. „Base-jumper sprang in den Tod", hiess die Schlagzeile und weiter, dass der junge Mann mit dem Fallschirm beim Sprung von der Alp eine siebenhundert Meter hohe Felswand touchiert habe. Basejumping befriedigte ihn anfänglich, weil er springen konnte, wann und wo er wollte. Bald sprang er bis sechs Sekunden im freien Fall, doch er war ständig auf die Leine fixiert, die den Flug bremsen würde. Das Schweben am Schirm war zwar befriedigend, doch er sehnte sich nach dem explosionsartigen Gefühl, das er beim ersten Sprung erlebt hatte. Ein Knall, dann eine Art Dammbruch. Er wollte den Durchbruch, die Überschreitung der Grenzen. Auf die andere Seite wollte er, auf die andere Seite durchbrechen.

Dann hatte er diesen Traum gehabt, wie er auf einer Achterbahn war, in einem immer schneller fahrenden Wagen und direkt auf ein riesiges Holzkreuz mit Corpus zuraste und wusste, er müsste abspringen, jetzt im letzten Augenblick noch, sonst würde er mit voller Wucht aufprallen und zerschellen. Er liess den Moment verstreichen, es war zu spät: Er schlug auf und zerschellte. Dann wurde er vom

Christus umschlungen und alles war helles Licht. Erst glaubte er davongekommen zu sein, bis ihr beider Fleisch verweste, von ihnen abfiel, das Skelett sichtbar wurde, zusammenfiel, und zurück blieb nur ein Häufchen Asche.

Er erinnerte sich, wie er im Traum gedacht hatte, dass nun alles zu Ende sei, ohne darüber in Verzweiflung geraten zu sein. Als dann eine weisse Taube in Licht getaucht aufflog, erkannte er träumend, dass dies die ewige, unsterbliche Seele war. Er wachte auf und wusste, dass alles gut war.

Seit diesem Traum hatte sich seine Riskobereitschaft erhöht. Christine hatte ihn einen Spinner geschimpft. Er hatte versucht sich zu erklären:

„Letzthin sass ich im Zug, in diesem Abteil zu sechst. Alle hatten ein Mobiltelefon in der Hand und sprachen mit jemandem. Verstehst du, Christine, alle standen ausserhalb von sich; das sah ich genau vor mir, als sässe ich nicht im Zug, sondern blickte von oben auf diesen Zug herab und sähe die Kontaktlinien gezeichnet. Wie viel Leute mögen im Zug gewesen sein? Fünfhundert vielleicht? Und die Hälfte mindestens hat ein Mobiltelefon dabei und telefoniert ein- bis zweimal mit jemandem, der nicht im Zug sitzt, und stell dir vor, ich sah all diese Linien, diese Wellen über den Erdball ziehen. Und im Zug sitzen all diese Leute und haben keinen Kontakt mehr zueinander. Der Mensch ist ausser sich geraten, er verliert immer mehr den Bezug zu sich selbst. Der Geist ist nicht mehr zentriert."

„Was hat das mit deinem Sport zu tun?" hatte sie gefragt. Es ist kein Sport, hätte er sagen wollen, aber geschwiegen, weil er nicht wusste, wie auf ihre nächste Frage antworten, die sie hätte stellen müssen, falls er weitergesprochen hätte. Er sagte nur: „Ich will an meine Grenzen gehen." Über meine Grenzen, hatte er gedacht, aber nicht gesagt, doch sie hatte es bald auch so verstanden, bis sie ihn verliess.

„Meinst du, ich warte auf dich zu Hause, immer mit der Angst, dass die Polizei anruft oder bei mir an der Haustür klingelt, um mir deinen Tod mitzuteilen?"

Er hatte sie nicht gehalten.

Er begann nach anderen Sprungmöglichkeiten zu suchen. Bungeejumping konnte seinen Durst die ersten paar Mal stillen, doch dann erfüllte ihn wieder Traurigkeit und Frustration, wenn er wie eine Gumipuppe am Seil hing, dabei fühlte er sich nutzlos, schwach, den anderen ausgeliefert.

Er wollte den ultimativen Durchbruch, das Zusammenfallen von Geist und Materie und das schliessliche Wegfallen der Grenzen, die sie trennten.

Bis er das erste Mal vom Zehnmeterturm sprang. Der ungebundene Sprung: Kein Fallschirm, kein Seil, kein Gerät. Sprung, dann der ersehnte Adrenalinschub, das Gefühl der Freiheit und das Eintauchen ins Wasser, das den Sprung bremste, aber ohne Traurigkeit bei ihm auszulösen. Das Wasser umfing ihn wie die Vagina einer Frau seinen Penis. Er drang in es ein und wurde umschlungen und aufgesogen; er tauchte weiter, geborgen, geliebt, umspült. Und als er das erste Mal wieder auftauchte, wusste er, dass er sie gefunden hatte, die Möglichkeit zur Verwirklichung seiner Sehnsucht.

An diesem Tag sprang er viele Male, bis ihm die Idee des Sprungs von dieser Eisenbahnbrücke kam und sich festsetzte. Zweiundvierzig Meter war sie hoch. Der Stuntman hatte den Sprung für den Film geschafft, die Höhe war also machbar. Üben konnte er diesen Sprung nicht, er würde alles auf eine Karte setzen.

Als er das erste Mal dort oben stand und auf den Fluss, der in den See mündete und zu den Bergen blickte, die sich spiegelten, wusste er, dass er diesen Sprung wagen musste, um wieder frei zu werden. Er würde sich ebenfalls springend spiegelnd verdoppeln und sich zweifach vereinigen, um wieder ganz zu werden, wie er erklärte und nur Kopf-schütteln erntete, weshalb er nicht mehr davon sprach.

Philippe prüft noch einmal die Luft. Windstille. In drei Minuten kommt der Zug. Badehose ausziehen, ich will nackt sein. In den Knien wippen, die Arme an die Ohren legen, ausgestreckt, vornüber kippen. Das Rauschen des Flusses schwillt an, die Bäume säumen das Ufer, Licht am Horizont. Absprung.

Der Wind zischt an meinen Ohren vorbei, Raubvogel gleich stürze ich hinab den Fluten entgegen. Ich war Mensch, bin Vogel, fliege schwerelos ins Wasser, das mir rasend schnell entgegen rauscht, bin Amphibie, einatmen, kurz, heftig, pfeifend. Jetzt tauche ich ein, scharf stechender Schmerz im Brustkorb, bin Fisch, habe Kiemen, verlangsame meine Bewegungen.

Ruhig ist es hier unten, denkt er, taucht weiter nach unten, sollte ich nicht nach oben, denkt er, einen Augenblick nur, und dass er die ganze Evolution rückwärts durchlebt hat und beschliesst zum Grund zu tauchen, ganz tief, um sich dort festzukrallen und zu zerfliessen in Millionen von Zellen, um als Einzeller geläutert wieder neu zu beginnen. Er lässt sich treiben, öffnet den Mund, damit er besser atmen kann durch seine Kiemen, an die er sich erst noch gewöhnen muss. Schwerelos fühlt er sich und frei und staunt, dass der Fisch so fühlt wie der Vogel. Ein Lichtstrahl trifft sein brechendes Auge und eine Welle des Glücks erfüllt ihn, dass er zergehen darf in diesem Element und erfahren, wie die Materie den Geist freigibt und nur noch reines Licht der Bewusstheit herrscht, und er öffnet die Hände, die verkrampften, und gibt sich hin.

Er hatte gut beobachtet, die Strömung trieb genau auf die Böschung hin, an der er die Kleider bereit gelegt hatte. Er kletterte benommen ans Ufer. Von weither hörte er einen

Zug vorbeidonnern. Seine von gleissendem Licht geblende-
ten Augen öffneten sich und sehen, dass die Sonne noch
nicht aufgegangen war. Es mussten nur wenige Minuten
vergangen sein. Er schüttelte den Kopf, weil er nicht
verstand.

Vor Kälte zitternd griff er dankbar nach dem Tuch, um
sich zu trocknen und zog sich die Kleider an. Er nahm das
Zettelchen aus der Brieftasche und las es durch. Ein Lächeln
umspielte seine Lippen. Dann zerknüllte er es und warf es in
den See, dabei sah er zu, wie die Strömung es fortriss und
nach unten zog.

Philippe drehte sich entschlossen um und ging nach Hause. Er wollte Christine anrufen, er musste mit ihr reden. Er
wollte schneller gehen, doch ein Stechen in seiner Brust
zwang ihn stehen zu bleiben. Er hustete und an seiner Hand
sah er Blut. Er wechselte die Richtung und beschloss, ein
Taxi zum Spital zu nehmen.

Christine würde kommen und ihm Blumen bringen und
er würde ihr versprechen, nicht mehr zu springen.

Christine brachte Blumen und er versprach ihr, nie mehr
zu springen. Er schwor es ihr mit den Händen auf der Bibel,
die er in der Nachttischschublade neben dem Spitalbett gefunden hatte. Sie weinte ein bisschen, lachte aber auch. Das
war vor der Operation, ein Lungenriss, hatten die Ärzte gesagt.

„Du Wahnsinniger", sagte Christine. „Ich hatte es dir ja
gesagt. Warum hast du mich überhaupt noch angerufen?"

„Weil es vorbei ist, Christine, vorbei für immer, verstehst
du, für immer. Nun habe ich erfahren, endlich endlich erfahren und erkannt, wie es ist, wenn die Begrenzungen wegfallen und es kein Hindernis mehr gibt. Es ist gut, Christine",
sagte er, bevor er in den Operationssaal geschoben wurde.
„Alles ist gut". Sie lächelte, nickte, fuhr ihm beruhigend

über die Wange und flüsterte: „Ist ja gut, es ist gut, es ist ja alles gut."

Die Geliebte

Ein schwarzes Blatt Papier muss man nehmen und den Namen des Menschen darauf schreiben, den man bestrafen will.

Es ist keine schwarze Magie, denn man will dem Menschen nicht schaden. Er soll nur einsehen, wie weh er getan hat und wie er verletzt hat, und er soll sich ebenso verletzt fühlen und den Schmerz spüren und bereuen. Er soll bereuen und sich entschuldigen und soll alles wieder gut machen wollen, und er soll verstehen und einsehen, wie gross seine Fehler waren, die er begangen hat und das Gleiche leiden. Genau das Gleiche.

Dann nimmt man das Blatt und legt es drei Tage ins Gefrierfach des Kühlschranks, dann legt man es drei Tage an die gleissende Sonne und ganz zum Schluss verbrennt man das Blatt.

Nur was sie mit der Asche tun sollte, wusste Sofia nicht so genau. Sie wollte Adil fragen.

Adil war aus der Türkei, dem Bruder nach Deutschland gefolgt, um ebenfalls den Traum zu verwirklichen vom grossen Geld, vom Auto und vom Haus in der Heimat, und eines am Meer.

Als er Sofia traf, war es Liebe auf den ersten Blick, sagte er. Sie war halb Deutsche und halb Spanierin und diese Mischung gefiel ihm besonders. Das Mediterrane und das Nordische vereinigt in einer Frau.

Selbst dachte das Adil nicht in dieser Deutlichkeit. Vielmehr war es Sofia, die sich diese Dinge überlegte, um zu verstehen, was ihm wohl an ihr gefallen mochte. Sie selbst wusste genau, was sie an Adil anzog: Es war die Art, wie er mit Frauen umging. Sie fühlte sich mit ihm stets als eine Prinzessin, als eine Königin. Adil verhehlte seine Bewunderung für sie nie. Von Anfang an zeigte er ihr, wie beeindruckt er war von ihrem Charme, ihren Manieren, ihrem Weltwissen, ihrer Konversationsfähigkeit, ihrer Eleganz, ihrer Weltgewandtheit. Er küsste ihr die Hand, öffnete ihr die Tür, schenkte ihr Parfüm, hörte ihr stundenlang aufmerksam zu. Doch es war nicht das allein.

Als sich ihr Verhältnis längst geändert hatte, als sie nicht mehr auf Wolken schwebte voller Freude darüber, dass es eine solche Liebe überhaupt geben konnte, als er längst nicht mehr jeden Tag anrief, blieb sie dennoch an ihn gebunden. Sie brauchte lange um zu verstehen, was es war, das sie an ihn kettete.

Obwohl bereits ihr Mann Rudolf davon wusste und sie beschimpfte und bat, doch von dem anderen zu lassen, um die Ehe nicht zu gefährden, die Beziehung, die Zweisamkeit seit Jahren, das Band, das seit ihrer Jugendzeit bestanden hatte und doch nicht zerreissen sollte.

Rudolf war solide, nüchtern, stark. Fast musste sie lachen, wenn sie daran dachte, wie klassisch das alles auf ihn passte. Es war lächerlich klischeehaft und dennoch die Wahrheit. Aber nicht die ganze, denn unter diesen Attributen versteckte er sich. Vor sich selbst. Sie wusste es inzwischen, nur er noch nicht. Denn natürlich war sie stets die Schuldige, die, die alles falsch machte, die, die alles kaputt machte - wegen Adil, dem orientalischen Mann aus dem Morgenland. Kanake nannte Rudolf ihn.

Doch es war nicht das Morgenland, es waren nicht die Höflichkeit, die Bewunderung, die Zärtlichkeit, die Manieren, die Zuneigung, die Aufmerksamkeit und die Zuwendung, die ihr Adil entgegenbrachte. Es war der Geruch seiner Haut.

Wie sollte sie dies Rudolf erklären? Wie sollte sie sich das selber erklären? Der Geruch seiner Haut liess sie sich ihm verbunden fühlen für alle Ewigkeiten, als würden sie für immer zusammen gehören, als wäre einzig er allein berechtigt, sie mit seinen Händen zu berühren. Seine Hände auf ihrem Körper vermittelten ihr tiefste Geborgenheit und Zugehörigkeit und erweckte eine totale Hingabe an ihn, die sie ihm, Rudolf, niemals hatte geben können. Die er, Rudolf, niemals hatte wecken können.

Sie war diesem Mann mit Haut und Haar verfallen. Selbst als er nicht mehr so freundlich zu ihr sprach, als er nicht mehr zu ihr aufsah, sie nicht mehr bewunderte und umschwärmte; auch dann noch.

Adil war erschrocken über Sofias Leidenschaft. Er hatte gedacht, starke Frauen würden niemals schwach werden. Er hatte gedacht, schöne, selbstbewusste Frauen würden ihn auch im Bett führen. Doch in ihrer ersten Nacht hielt er eine zitternde, weinende Frau in seinen Armen, und er wusste nicht, was geschehen war.

Er hatte sich ja gewünscht, dass sie ihn liebte. Er hatte alles getan, damit diese Frau ihn lieben würde. Er hatte gewusst, dass sie verheiratet war und hatte doch angerufen, er konnte nicht anders, hatte angerufen und sie eingeladen, wollte nur mit ihr sprechen, sie sehen, sie lachen sehen. Hatte nicht zu hoffen gewagt, dass sie sich je mit ihm einlassen könnte, obwohl er alles dafür getan hatte. Und dann im Bett war ihre Kraft gewichen. Als er ihre Liebe hatte, verlor sie die Kraft.

Als er meine Liebe hatte, verliess mich die Kraft, dachte Sofia. In der ersten Zeit drängte Adil sie, ihren Mann zu verlassen, sie brachte die Kraft nicht auf.

Und als er nicht mehr drängte, bekam sie Angst und Eifersucht überrollte sie, dass sie ihm zuwider sei, dass er vielleicht eine andere, die schöner wäre oder besser oder frei wäre, ihr vorzöge.

Ich bin nicht frei, dachte Sofia, denn Rudolf war nicht ein Mann, von dem man sich einfach scheiden lassen konnte.

Rudolf zog sich zurück und liess doch nicht los. Er kämpfte mit seinen Mitteln. Blieb immer länger weg bei der Arbeit, und sobald er zu Hause war, stritten sie. Sie stritten und sie liessen doch nicht voneinander.

Sie hätte sich gewünscht, dass er sie vor die Tür gesetzt hätte, damit *er* entschiede. Aber er wollte ihr die Entscheidung nicht abnehmen.

„Du und dein Kanake. Dein Orientale. Dein Asiate." So glaubte er, sie beleidigen zu können. Sie schrie zurück und es verging kein Tag ohne Streit.

Bis Rudolf krank wurde. Zuerst bloss Kopfschmerzen. Zuviel Arbeit, ewiger Streit zu Hause dachten sie zuerst. Dann wurden sie hartnäckiger, insistenter.

Kontrolle beim Arzt.

Nichts.

Kopfschmerzen.

Tomographie. Gehirntumor. Bösartig.

Dass er nur noch wenige Monate zu leben hätte, das wollte sie nicht glauben, das konnte gar nicht sein, das war unmöglich, und dass die Ärzte dies dauernd wiederholten, konnte höchstens ein Erpressungsversuch sein, sie, Sofia, von Adil wegzubringen.

Rudolf musste es ihnen gesagt haben, Rudolf wollte das, Rudolf rächte sich auf diese Weise an ihr. Dachte sie zunächst. Dann dachte sie, dass sie auf diese Weise bestraft würde, für ihre Untreue. Oder dass Adil ein schwarzes Blatt in das Gefrierfach des Kühlschranks gelegt hatte mit ihrem Namen drauf oder mit Rudolfs oder mit beiden.

Rudolf lag neben ihr, schnarchend, mit halb offenem Mund, wie immer, wie seit zwanzig Jahren oder mehr, seit sie einen Mann hatte, weil er immer ihr Mann gewesen war und die anderen waren nur Liebschaften gewesen, Flirts, Bettgeschichten. Ausser Adil. Der war der erste, bei dem sie das fühlte, was man fühlen musste, wenn man wirklich liebte. Adil war der erste, der bei ihr diese Welle auslöste, der sie zum Zittern brachte, ihr den Atem verschlug, ihr das Gefühl gab, nie mehr ohne ihn leben zu können, zu wollen. Und doch hatte sie den Schritt von Rudolf weg zu Adil hin nicht fertiggebracht.

Und jetzt ging Rudolf von selbst, und der Weg wäre frei nach seinem, nach, danach. Sie konnte gar nicht weiterdenken, weil es unmöglich war, dass ein Leben einfach so enden konnte, wie er so neben ihr lag, schnarchend mit halboffenem Mund.

Unmöglich, dachte sie, als sie seine unter dem Atem zitternden Nasenhärchen betrachtete. Unmöglich, wenn sie auf seinen Kopf blickte, aufgeschwemmt von den Medikamenten, nach zwei Operationen, bei denen man ihn herausgeschnitten hatte, den Tumor, das Geschwulst. Herausgeschnitten, damit er sich nicht weiterfrässe. Unmöglich, dachte sie, die Haare waren bereits nachgewachsen.

Man sah ihm gar nichts an. Ihr Hirn konnte seinen Tod nicht denken. Seine Auslöschung. Sein Nicht-mehr-hier-Sein. Wozu war er denn geboren worden, wenn er wieder gehen musste? Er hatte doch noch gar nicht gelebt, sie hatten doch gar nicht richtig gelebt, sie wollten doch noch in die USA zusammen, sie hatten dort noch hin gewollt. Es war unmöglich, dass dies nicht gehen sollte.

Wenn Rudolf starb, wäre sie frei für Adil, dachte Sofia und erschrak. Bestimmt hatte Adil das schwarze Blatt in das Gefrierfach des Kühlschranks gelegt und seinen Namen drauf oder ihren oder beide. Dann war der Gehirntumor gekommen.

Oder Rudolf hatte ihn sich selbst heraufbeschwört, weil er nicht aufhören konnte zu denken und zu reden und zu analysieren und zu erklären und zu rationalisieren.

„Du und dein Kanake, sagte er, das muss aufhören. Das geht zu weit, das macht mir weh, das macht mich kaputt." Natürlich hatte er Recht. Manchmal nannte er sie auch eine Hure, da wollte sie gehen, aber den Schritt machte sie nicht, denn Adil hatte aufgehört darauf zu drängen. Sofia fehlte die Sicherheit, die es gebraucht hätte, um einen Sprung zu tun.

Und jetzt war es zu spät. Einen Mann mit Gehirntumor konnte sie nicht verlassen. Ob Rudolf auch vom schwarzen Blatt wusste?

Er drehte sich auf die Seite zu ihr hingewandt. Er verzog das Gesicht im Schlaf, eine Hand wie ein Kind unter der Wange, die andere vor der Brust, die Beine angezogen.

Sofia konnte sich das nicht vorstellen, das er eines Tages nicht mehr atmen sollte. Wie sollte das gehen? Wozu hatte er denn die Nase bekommen, den Mund, die Lungen? Wozu war er geschaffen worden, wenn dies alles zu Ende sein sollte? Wozu hatten sie seit über zwanzig Jahren Seite an Seite gelegen, damit dies eines Tages nicht mehr sein sollte?

Wozu sollte sie sich dann Seite an Seite zu Adil legen, wenn dieser auch eines Tages nicht mehr atmen würde?

Sie blickte auf die grosse schwarze Armbanduhr an Rudolfs Handgelenk. Die Sekunden strichen vorbei. Der Sekundenzeiger bewegte sich im gleichen Takt, drehte seine Runde, begann neu, tickte regelmässig, noch eine Runde, zog den Minutenzeiger nach sich. Es war unmöglich, dass Rudolfs Uhr weiterticken konnte, wenn er längst nicht mehr atmete.

Wozu die Uhr, wenn Rudolfs Arm verwesen würde?

Wozu die Uhr, die nur die Zeit messen konnte, die verstrich. Wozu verstrich die Zeit?

Wozu geboren werden, wenn man wieder gehen muss und nur auf- und untergeht?

Soviel Streit hatten sie gehabt in all den Jahren, zuviel um alles noch zu vergessen und verzeihen in den restlichen Monaten.

Es war alles vergebens, dachte Sofia, sie hatte ihr ganzes Leben verspielt, sie hätte tausend andere Sachen machen können, tausend andere Männer haben, tausend andere Berufe ergreifen, in tausend anderen Betten schlafen, andere Gespräche führen, und jetzt lag er neben ihr und seine Zeit lief ab, obwohl die Uhr weiterticken würde, auch wenn er seinen letzten Atemzug gemacht hatte. Und danach gab es nichts mehr, kein Licht, kein Leben danach.

Denn selbst wenn sie noch fünfzig Jahre leben würde, wusste sie nun, dass sie geboren war, um zu sterben. Sie lebte für nichts, hatte für nichts gelebt und würde für nichts sterben.

Wozu überhaupt noch leben, dachte sie, ohne je an Selbstmord zu denken. Es gab nicht einmal einen Grund, sich selbst zu töten. Wozu auch? Sie würde ohnehin vergehen. Sie würde ohnehin einmal den letzten Atemzug tun.

Rudolf drehte sich wieder um im Schlaf, und sie sah nur noch seinen Rücken. Wozu schläft er und wacht wieder auf, wenn er doch nur schläft und aufwacht, um einmal niemals mehr aufzuwachen?

Es ist sinnlose Energie, denkt Sofia, so einen Menschenkörper wachsen zu lassen, damit er wieder vergeht. Der Geruch der Haut war es, denkt Sofia und nicht das verwesende Fleisch. Zeit ist geruchlos, denkt sie und fühlt sich beruhigt.

Sie legt ihr Ohr an Rudolfs Rücken und hört sein Herz klopfen, wenig schneller als der Sekundenzeiger seiner Uhr. Sie kann nicht einschlafen, weil die Uhr an Rudolfs Handgelenk zu laut tickt. Oder ist es ihr Herz?

Ich sollte ein schwarzes Blatt mit Gottes Namen drauf ins Gefrierfach des Kühlschranks legen, denkt sie noch. Oder mit dem Namen des Teufels. Oder mit beiden.